U0132991

吴双艺　著

吴双艺自説自话

高式熊

汉语大词典出版社

目录

第一章 拜师学艺

第二章 "到处流浪"

目录

第三章 大地回春

第四章 良师益友

目录

汪培

　　《吴双艺自说自话》是作者50多年艺术人生的记述,是一本饶有趣味的回忆录。

　　上海解放不久,50年代初,我就认识双艺了。那时,滑稽界的服务对象已起了变化,原来以唱堂会、电台、酒楼为生的滑稽从业人员纷纷组班,转到剧场演出。从此,说唱、表演"独脚戏"的曲艺转变为舞台演出的滑稽戏。滑稽名家姚慕双、周柏春兄弟组织蜜蜂滑稽剧团演出于红宝剧场。我因工作关系常去看戏,就看到双艺活跃在舞台上。当时他20岁出头,人们以为他是刚从艺的小青年。其实,早在上海解放的前一年,他已拜姚慕双为师,成为姚氏门下最初的弟子之一,跟着老师跑堂会、上电台了。姚慕双的学生,艺名当中都有一个"双"字,滑稽界就有了一个"双"字辈的演员群,而双艺是其中的老师兄。双艺经历了滑稽说唱到滑稽戏演出两个截然不同的阶段,使他既熟悉传统滑稽的说唱和"独脚

戏"，后又长期在舞台上磨炼，这对他一生取得突出的艺术造诣和成就，不无密切关系。

双艺好学。在戏曲界我熟识的朋友中好学的不少，而双艺的好学，给我的印象特深。他为提高自己的表演水平，探求滑稽戏的革新道路，数十年如一日，勤奋学习，孜孜不倦，从多方面吸取营养。他除了读书，每读到报刊上有关喜剧的文章，必抄录、剪贴，保存起来，可见他钻研业务的刻苦认真。我读了他的这本书，知道他从小就酷爱戏曲曲艺，当时的大世界游乐场和一些京戏场子是他常去的地方。各种曲艺戏曲他都看，因此他肚里才会积累了那么多的戏曲知识。他更热爱京戏，尤其是周信芳的麒派，不但看，而且学，许多麒派名剧的唱段他都会演唱，而且被公认为颇有麒味的。我想，麒派艺术对于他的艺术人生必然起着潜移默化的作用。

双艺是建国后成长起来的有理想、有文化、有修养的滑稽演员。他不仅能演,而且还能编、导,是滑稽界集编、导、演于一身的不可多得的全才。他曾编写了许多独脚戏和滑稽戏,他用业余时间在这方面的劳作,可说不逊于专业编剧。他也是一位艺术青春常驻的演员,虽已过古稀之年,但仍然活跃在舞台上、屏幕上,光彩不减当年,我为他高兴。

《吴双艺自说自话》既记述了作者自己的艺术人生,又几乎写到了整个滑稽界老、中、青三代人,因此,我觉得它不单是双艺个人的艺术档案,也是滑稽界一份难得的资料。双艺在舞台上、屏幕上拥有广大观众,我相信,这本书也将会赢得众多读者的喜爱。

2005 年 2 月 27 日

第一章

拜师学艺

1. 童年的印象

　　到了我现在这样的年龄,再来回顾童年的生活居然成了一种享受, 不知别的同龄人会不会有同样的感受。

我出生于 1927 年 2 月 28 日,幼年随父母从南市的老家, 搬到当时的法租界（即现在的金陵东路）。父亲从事棉布交易职业, 那时候像我们这样的平民百姓, 能求得布衣暖、菜饭饱已经是不错的了。当时我最高的娱乐享受, 就是能跟大人去白相大世界或者到大舞台三楼去看一场京剧连台本戏。

6 个月

那时候,既没有托儿所、幼儿园,更没有少年宫、儿童乐园。惟一能让我们游乐活动的"俱乐部", 就是在弄堂里。活动项目也五花八门、丰富多彩,什么"顶铜板"、"顶橄榄核"、"打菱角"、"打弹子"、"踢毽子"、"拍毽子"、"滚铁

环"、"造房子"、"滚铜板"、"捉铁仔"、"官兵捉强盗"、"刮香烟牌子"、"刮豆腐夹子"……弄堂里随时都能听到小朋友在唱不完整的时代歌曲。如:"谁愿意做奴隶!谁愿意做牛马!……""打回老家去,打回老家去!……""我的家在东北松花江上……"

最让我难忘的童年游戏,要数"办家家"炒鸡蛋啰!我家住的弄堂,南通"法大马路"(现在的金陵东路),北通菜市街(现在的宁海东路),菜场附近有几家潮洲人开设的杂货铺,什么扫帚、畚箕、铲刀、勺子、炭风炉、砂锅、提盒、网篮等杂货一应俱全。他们还有一种特别吸引小孩的小商品,就是特制的特小的小砂锅和小风炉,加在一起只有一只茶杯大小,价格又是小孩承受得起的(三五个铜板)。一次,我和小朋友阿永、小桂三个人一起玩"办家家"游戏,买了小砂锅、小风炉,还配了一把小锅铲。三个人作了分工,阿永拿了洗干净的小砂锅,来到东新桥(即浙江南路口)的道德油厂,营业员叔叔一看我们就明白了来意,拿起拷油的量具在小砂锅里滴了两滴油,足够了。我们齐声说:"谢谢!"然后又来到煤炭店门口,刚好一篓一篓的煤炭在卸货,小桂眼快手快抓起一大把漏在地上的炭屑。接着我们三人来到菜场的蛋摊,我亲热地叫了一声:"阿姨,买一只碎壳鸡蛋,要新鲜的!"阿姨看到我们三个孩子,一个拿砂锅,一个拿炉子,一个来买蛋,一看全明白了,她笑着随手拿起一只碎壳鸡蛋,给了我说:"拿去'办家家'吧!钱不要了,当心点!"我们接过鸡蛋边谢边跳来到弄堂口,小桂用小嘴吹着用炭屑生旺的炉子。阿永将有油的砂锅放在炉子上,锅里冒热气了,我立即将碎壳鸡蛋掰开,蛋黄蛋清进了砂锅,只听见"嚓!"一声,随着一股香味扑鼻而来,惹得我们口水都快流出来了!机灵的阿永小手心里捧着讨来的精盐,放了盐,我又炒了两下,捣碎的鸡蛋,你一口,他一口,最后我自己也尝了一口,哇!多么鲜美的炒鸡蛋啊!

孩童时代的游戏、歌谣、顺口溜等无不与当时的时代大背景紧紧联系在一起。当时,大人哄小孩子或吓唬小孩子的口头禅,都深深地刻上了半封建半殖民地的痕迹。住在法租界的家长见孩子调皮捣蛋,往往以"你还吵,安南巡捕来了!"来吓唬孩子。住在英租界的则以"乖囡,勿要哭了!红头阿三要来了!"作为哄孩子的话。(当时,印度巡捕被上海老百姓叫做"红头阿三"。印度、安南当时都是英、法帝国主义的殖民地,他们由帝国主义者带到旧上海来,欺侮老百姓。)当时,我们这些不满十周岁的孩子,所做的游戏,有相当部分是紧跟每年传统节日的。如每年端午节前,从大人裹粽子的箬叶中,拣出小的、破的,做小粽子玩,或将箬叶做成哨子,放在嘴边上吹响,奏曲取乐。

农历七月底,很多人家都要插"地藏香",(将一炷

炷棒香插在弄堂里的地缝里,有人说是祭奠地藏王菩萨的)。孩子们逢到这个日子都特别高兴,各自选定将会有人插棒香的地方,等香点完,立即拔出香棒。(有时为了占地盘,连晚饭都顾不上吃,就等在那里等香棒了。)到七、八点钟以后,很多孩子都手捧一大把香棒,然后有约在先的小朋友,三三两两聚在一起玩起了"挑香棒"的游戏。例如:两个小朋友玩,各人拿出十根香棒抓在一起,双方"猜咚猜"比输赢,谁赢了先玩。(猜时,双方各自将右手藏在背后,嘴喊:"猜咚里格猜呀!"在"呀"出口的同时伸出右手,分拳头、剪刀、布,以拳头砸剪刀,剪刀剪布,布包拳头,这样循环分输赢。赢者可先将一把香棒撒在地上,然后将分散在地上的香棒,取之为已有。如几根香棒架在一起时,必须不碰动压在下面的香棒,轻轻地挑起上面的香棒,挑完为止。如下面的香棒被动了为输,不得再挑。接着由对方再玩。)

这种游戏虽然一年只有一次,而且仅有一两个小时,到第二天早上就没人玩了。但是小朋友们盼了一年仅有的一次,届时都会兴致勃勃地抓住这个仅有的机会,玩个痛快,往往是不等家长来找,这个游戏不会轻易罢休。宁可回家挨训、挨打也不肯失去这一年一度的良机。此事说给现在的小朋友听,可能他们是不会相信的呢!

有一次,我将上述情况说给我孙子听,他就不以为然地说:"喔! 这有啥稀奇呢! 现在也有格,'游戏棒'呀!"

时隔六、七十年,情况当然大不一样啰! 像我这样年龄的人,回顾童年时代的生活,确实是记忆犹新,津津乐道。多么甜蜜的回忆啊!

2. 启蒙老师

我 8 岁那年,高兴地进了"私立类思小学"念书,那是一所天主教的教会学堂,在四川南路(当时叫天主堂街)。进校门,宽广的通道直通一座雄伟高大的天主教堂。右侧是一排朝南的三楼楼房,有十二间教室,左侧是门房间及教职员工的办公楼。教堂门前一片宽阔的草地,是我们上体育课、打篮球、踢小足球的操场,我的邻居小朋友都很羡慕我,"多好的学堂啊!"

10 岁

可惜好景不常,日寇发动了"八·一三"侵华战争。我家虽然居住在当时的法租界,但是战争爆发,我也不得不休学在家。

从小就喜欢在马路上看热闹的我,现在学校休学,父母对我的管束也相对宽松,我如鱼得水,如鸟翔天。

那时我家附近的延安东路(当时叫爱多亚路,最早叫洋泾浜),是个热闹地段。从延安东路浙江南路(当时叫东新桥)至西藏路(当时叫虞洽卿路),这一段马路较宽,又是法租界和英租界交界之处。因此这一带地方常有人唱露天戏,耍猴把戏、木偶戏、唱小热昏(卖梨膏糖)、练气功、卖膏药等各种杂耍,真是五花八门。他们中如果有谁遭到无论哪边的巡捕驱逐或追捕时,过了界线即可无事。我徜徉街头,沉浸在都市民间文艺的氛围中,常常流连忘返,不知夜之将至。

有一天晚饭后,由于住房小,又闷热,家里人和逃难到租界来暂居的亲戚都挤在马路边沿乘凉。我看到一块空地上拥着一群人,就好奇地从人缝中挤了进去。只见一个中年人,身穿一件旧条子府绸短衫,手拿三块毛竹片,边敲边唱新闻,尽管此人貌不出众,声音嘶哑,但被吸引的人越聚越多,都寂静无声地听着:"现在我唱一段'八·一三',东洋兵侵略大上海。抗日军民一条心,浴血奋战大无畏。日本强盗真野蛮,杀人放火再派飞机掼炸弹。中国百姓遭灾难,男男女女,拖老带小要逃难……"

我年纪虽小,觉得他唱的都是中国人的心里话,还想听下去时,突然他好像发现了什么,接着轻轻地又哼了几句:"现在有'赤佬'跑过来,请大家暂时散一散。连下来再唱大世界门口掼炸弹,还有轰炸日寇的赤云

舰。"唱完,十分利索地将三块竹片往怀里一揣,若无其事地走开去了。果然,一名巡捕过来,吆五喝六地驱散人群,并向四周张望了一下,嘴里不知嘀咕了些什么就走了。

此时我对这个艺人的崇敬心情油然而生。不久,曾多次到大世界周围寻找他,可惜一次也没有找到。后来我才意识到,是这位不知名的街头艺人把滑稽艺术的种子播在我的心中。

过了一段时间,学校恢复开学,我又回到母校继续读书。我念四年级时,教室在二楼,这天快放学时,老师关照:"请大家在教室里留一会儿。"同学们正有点觉得奇怪,只见教堂前通道上停了一辆扎了彩花的轿车,上面走出一对穿礼服的新郎新娘。我指着窗外的新娘喊了起来:"瞧,那是'电影皇后'胡蝶!我看过她主演的无声电影……"这下可好了,同学们都知道我是个小影迷。

翌日,上午第二节是体育课,李老师操着山东口音:"立正!向右看齐!……向前——看!……"这时候突然下起了毛毛细雨,老师看了看雨天,接着喊:"向右转!方向二楼教室,跑步——走!一、一、一二一,一!二!三!四!(齐声跟着喊)一二三——四!"到了教室,老师让我们自由活动。同学们纷纷举手建议,要我表演在马路上看见的唱新闻或讲电影故事,老师同意,我没有思想准备,真是手足无措。一个同学说:"你就讲胡蝶演的无声电影嘛!"老师也跟着说:"你就讲嘛!"我无可奈何地只好讲无声电影《火烧红莲寺》中的一段:说到前面一个年轻人,肩扛一根竹竿,杆头扎了一只鸡,为了避免伤害,飞步向前奔跑。后面紧跟一支飞剑紧追而来。这飞剑厉害非凡,不见血决不罢休。年轻人得到能人的指点,故意扛上带鸡的竹竿,万一飞剑赶到,杀鸡见血就会回头,年轻人就能得救逃生。这一段戏没有对话,无声电影配上了美妙动听的广东音乐,烘托了剧情进展的紧张气氛。我就学着广东音乐的节奏,哼起了广东乐曲:"米米少,少米来哆拉哆少,米来米少、哆米少,法少来、法少米,来米少哆……"我模仿着哼得起劲,同学们跟着我哼的节奏,鼓掌打节拍的情绪更起劲。一堂体育课,居然给哼唱广东音乐引起了高潮。甚至后来轮到体育课时,居然有个别同学盼着下雨,因为下雨又可听无声电影故事和广东乐曲了。

同学们对我的鼓励,有力地触动了我热爱艺术的神经。

3. 白相大世界

追根寻源，我看无声电影就要回顾当时白相大世界了。大世界里，我看的最多的是乾坤大剧场(也称"大京班"，即京戏场子)，因为他们日场是演传统折子戏，夜场演连台本戏，日夜场之间，放映无声电影。再有一个就是共和厅，专演独脚戏(当时称为"滑稽")和魔术、杂技的场子。因此，我在童年时就是一个京戏、电影、滑稽的小戏迷了。

曾有朋友问我："你这戏迷是从哪里来的？"我回答："当然离不开大世界啰！"

我对旧上海大世界游乐场印象最深的除了进门的哈哈镜外，就是放在过道旁的黄铜大茶壶，这是供游客中的平民解渴用的，放进一枚铜板，就会自动放出一杯热茶。它可以在四个方向同时放茶，供四个人饮用。这很吸引我，所以我每次到大世界，不管是否口渴，都要用一枚铜板，放出一杯热茶喝。喝过热茶，急匆匆跑进乾坤大剧场,拣好位子,笃定看戏。日场演出都是折子戏,影响较深的有汪派老生何玉蓉的《逍遥津》,盖派武生王桂卿的《武松》,麒派老生白叔安的《追韩信》等。可谓文戏听得够味,武戏看得过瘾。日夜场之间,为了保留座位,宁可干粮充饥,情愿不出去吃夜饭,好在夜场前放无声电影,我也喜欢。有《火烧红莲寺》、《乾隆下江南》、《十三妹大闹能仁寺》……接着看夜场连台本戏,王桂卿主演的《西游记》。他演孙悟空,在"闹龙宫"一场戏中,他的儿子小王桂卿、小二王桂卿、小三王桂卿,分别饰演虾兵蟹将龟相,个个演得活灵活现,生动活泼,功夫道地。

我很幸运,看戏时旁边经常遇到两个老戏迷。他们不仅议论台上的表演,还交谈台下的趣闻。一天,戏迷甲说:"我们看的是'五本',大舞台张翼鹏已经演'六本'了。"戏迷乙说:"这儿猪八戒是白叔安演的,他女儿白玉艳武功好扮相美。"甲说:"张翼鹏那边的猪八戒是李瑞来演的,开打场面交关滑稽。"我想,明天夜场,还是到大舞台看"六本"去吧。

第二天,我提前吃好夜饭,赶到大舞台,六点还不到,我挤进去买了一张三楼最便宜的票子。为了抢好的座位(当时是不对号的),我一鼓作气,奔上三楼,不多不少一百零一级楼梯,进场一看,好家伙!第一排已经坐满了,我立即拣了第二排正中座位。刚坐好,一看正

巧，前排座的就是昨天在大世界看戏的两位戏迷。只听见戏迷甲说："看见吗！亏得我们来得早，否则这么好的座位，坐得着吗？"我向四周一看，喔唷！三排、四排都坐满了，观众还在不断地拥进来。生意多好啊！此时，只见戏迷乙打开纸袋，和戏迷甲二人吃起牛肉锅贴来了，原来他们夜饭都顾不上吃，为了抢个好位子，牛肉锅贴当夜饭，看看倒也蛮乐胃（指得到享受而惬意）。

此时，只听见耳边响起了："八大仓才仓仓仓才仓仓仓……""已经开场啦？"旁边观众说："七点钟还没到嘛！"戏迷甲说："这是票友来打开场锣鼓的。"果然，半个小时锣鼓演奏结束，又过了几分钟，换了一批演奏员上场，正式开场了……

张翼鹏的孙悟空，人称美猴王是家喻户晓的，张铭声的唐僧，李瑞来的猪八戒，郑元麟的沙和尚，师徒四人搭配得当，服装鲜艳大方，兵器闪闪发光，布景山青水绿，灯光闪耀明亮，剧场顿时轰动，观众齐声叫好鼓掌，经久不息。

戏迷甲在休息时走到休息室，与戏迷乙边吸烟边调侃："张翼鹏不仅台上功夫好，台下功夫更出色。有一次他坐黄包车去看朋友，他身穿花呢长袍，头戴铜盆礼帽，路过汕头路，一个小瘪三看见这顶帽子吃价钱，上去抢了礼帽就跑。张翼鹏发现'抛顶宫'（即抢帽子），双手在车架上一撑，一个后翻斤斗，一把抓住了小瘪三。

旁边认得的过路人说:'这个小瘪三眼睛瞎掉了，抛顶宫抛到齐天大圣头上来了，作死!'张翼鹏拿回礼帽朝头上一戴，微微一笑跳上车子扬长而去。小瘪三吓得伸了伸舌头:'是美猴王啊!'"戏迷甲这段精彩的外插花，吸引了休息室里所有的观众。如果不是催场铃响，都想再听下去呢!

自从认识了戏迷甲、乙，遇上知音，话盒子打开就没完没了，大有"酒逢知己千杯少"之感。我原是共舞台的老观众，从赵松樵主演的《火烧红莲寺》到赵如泉主演的《怪侠欧阳德》，特别欣赏有几位麒派老生，如王春柏、李如春、钱麒童在每本戏中都有精彩的表演和唱腔。提到"麒派"，戏迷甲兴致勃勃地说:"你再看看陈鹤峰的麒派唱做，活灵活现一个小麒麟童……"

的确，陈鹤峰无论唱词、念白，都是口齿清晰，铿锵有力。尤其在《西游记》中，他扮演一个书生，坐船到江心，突遇巨浪，打落水中。结果书生还救了一名少女，来到庙中引火烘衣(少女是云艳霞扮的)。这场戏演得非常感人，其实我在麒麟童主演的《文素臣》中也看到麒麟童和王熙春演过同样的戏。后来我悟出了其中的道理。当时连台本戏，也都是幕表戏，应该说陈鹤峰的麒派戏真是学到家了，我很喜欢他主演的《金镖黄天霸》。特别是杨宝童首创的残疾的施公形象，真如小王桂卿在《麒艺散记》中提到的杨宝童这位麒派演员，只要在

幕内咳嗽一声,观众便鼓掌了。有一次日场是四位麒派演员演《追韩信》,杨宝童演第三个出场的萧何,即"追"的一场,他上场没开过口,既没唱也没白,就是兜了个圆场,场内观众的掌声没断过。他的台步与众不同,走的是蹉步,另有一功,故能博得如此惊人的掌声,当然,乐队锣鼓的配合、衬托也是功不可没的。

我从小爱京剧麒派表演,但最喜欢的是麒派美猴王张翼鹏(这个"麒派"是我这个外行给加上的)。看了小王桂卿的文章,提到"张翼鹏私淑麒麟童",说张最佩服"麒老牌",他学麒派的唱法、念白、表演,就连他最出

《法门寺》剧照,
左为蒋天流

名的《西游记》中的美猴王也吸取了麒派表演的精髓,融会贯通。如此说来,我提的那个"麒派美猴王",也可以顺理成章了吧!对不起,算让我捞到稻草了。

一个爱麒派的京剧迷,到处能遇知音。浴室里洗

澡,也能听到"是三生有幸……"深夜回家,走进弄堂常能听到"催马加鞭迷了——道哇欧……"反正我对麒派名剧百看不厌,听麒派唱腔如痴似醉。真想能到京剧舞台上露面跑一次龙套也心满意足了,偏偏无人引见,始终不得入门,只能孤芳自赏,过过戏瘾。

一次偶然的机会,我认识了一位票友琴师,他对我大加赞赏,说我唱得有板眼,有京味,有麒味,于是我们结成好友。16岁那年,我参加了成社票房,每月付一元月费,我有幸得到当时的艺术指导、著名须生鲍吉祥先生亲传。有一次,票房彩排麒派名剧《萧何月下追韩信》,邀请专业演员配戏,我等四人被指定分别担任剧中各场次的主角萧何。当时,我受宠若惊,一段二黄碰板三眼:"是三生有幸,天降下擎天柱保定乾(呐)坤"……曾获得票房观众的满堂喝彩声,称赞我唱麒派味挺浓。正当我春风得意之时,突听票房头儿宣布:在剧中扮演主角的票友每人得交大洋500元,吓得我从此再也不敢踏进票房的门。

俗话说,有意栽花花不开,无心插柳柳成荫。一次偶然的机会,由琴师宁波阿顺介绍我投入了姚慕双周柏春门下,当上了一名滑稽演员。好在滑稽前辈与京剧都有不解之缘,如王无能的《江北朱买臣》、江笑笑的《宁波打严嵩》、程笑亭的《滑稽追韩信》等,都崭露了麒派的风采。我在滑稽表演中也充分发挥自己的长处,独

脚戏《戏曲杂唱》中我学唱麒派的《斩经堂》;在老戏新编的《萧何月下追歌星》中学唱麒派名剧《追韩信》。1985年2月,民盟上海市委员会为市老年人体协组织义演,在人民大舞台演出音乐、舞蹈、戏曲晚会。上半场我和翁双杰演出独脚戏《啼笑皆非》,台下观众报以热烈的掌声。演出大轴是京剧、电影、滑稽演员会串的《法门寺》。艾世菊演贾桂,程之演九千岁刘瑾,李蔷华演宋巧姣,关怀演郿坞县知县赵廉,蒋天流演刘媒婆,我演刘公道。我的演出全是艾世菊前辈一个字一个字为我写的台词,伊鸣铎老师手把手教我的举手投足。演出后得到杨村彬的赞赏:"双艺!多才多艺啊!"我听了脸都红了。

最难忘的是,1994年我还有幸演了一次黑头包公戏,学唱了一段名家名段,我这戏迷可算是过了把戏瘾,如愿以偿了。最高兴的是,在周信芳诞辰95周年纪念演出中,我和杨华生老师搭档演出《杂谈麒派》,并担任节目主持人,老领导汪培介绍我加入了"周信芳艺术研究会"。几十年的麒迷终于找到了归宿,实现了夙愿。

4. "噱"窦初开

　　进了大世界，我还经常到楼下共和厅去。它是滑稽节目集中的场子，也是我直接获得滑稽知识的最初课堂。那时大世界门票小洋 2 角。到小烟杂店买香烟可获得大世界优待券，他们零拆卖烟，这优待券每张 42 枚铜板。记得当时大饼油条是 3 枚铜板，所以一张门票在我心目中是很贵的。为了听滑稽，常常跟在大人后面，因为有他们带进去就不用买票了。当时在共和厅演出的都称滑稽，不叫独脚戏。有江笑笑的学生金不换、徐古董，还有唐笑飞、胡琪琪、仲心笑、刘快乐等，一档一档各有特色，颇受观众欢迎。演出的节目有《风吹勿动》、《糖麻球》、《浦东说书》、《三鲜汤》、《人生三乐》、《三字经》、《庙铃对口》、《莲花落》、《方言京戏》、《暴落难》等。给我印象较深的一档，则是笑嘻嘻、笑奇奇，他们是兄妹，都只有十几岁，男童打扮，身穿同样色彩的绸长袍、黑色缎子背心，头戴乌绒瓜皮帽，顶上一个大

红绒球。出场时笑嘻嘻往椅子上一座，拉起京胡，笑奇奇站在桌子边不是打着莲花板就是手敲扁鼓，一支开场乐曲，既优美动听，又能吸引"中央厅"里的观众过来。他们的表演活泼可爱，妙趣横生。记得有两个噱头，至今回想起来仍很有趣。甲夸耀自己才艺超群，被很多名流邀请唱堂会。"像上海有名的王老板昨天亲自来请我，乘电梯上楼到我家来。"乙不解地问："你家搬啦？"甲："没有，还住在阁楼上。"乙："那王老板怎么乘电梯上楼？"甲："梯子不够高，下面垫只小板凳，不是'垫梯'吗？"乙："喔！是这么个'垫梯'呀！"再一个

在解放初期

噱头是，甲："一个人取名都有意思的，像日本的首相因为名字叫'东条'，他肯定首相做不长的。"乙："为什么？"甲："东调西调总归要调的。"乙："我看别调了，不管他东调西调，都不会有好下场的。"（原来上海话"东条"与"东调"同音，是个谐音噱头，讽刺当时的日本首相东条英机没有好下场。）

后来，大世界楼上有专演滑稽戏的剧团和场子。剧目有《山东马永贞》、《小栈房》、《滑稽点秋香》、《张古董借妻》等。也有以"什锦歌剧"形式演出的剧团，剧目有

《包公捉拿落帽风》、《人面桃花》、《方卿见姑娘》等,穿古装,唱歌曲、各种小调和戏曲的曲调,又有滑稽穿插。那时的滑稽戏,大多是幕表戏,台词、表演都由演员自由发挥,能唱的,拣个机会就唱起来了。有的甚至将一些滑稽段子或其中的片段串联或拼凑,敷衍成篇。整个戏经不起推敲,但演员们在剧中的某些即兴创造,通过演出实践,后来又作些加工,作为独脚戏节目保留了下来。如《骗大饼》、《黄鱼调带鱼》就来自于滑稽戏《五颜六色》。(《五颜六色》里原来有节戏是"猪排调牛排",后来独立成独脚戏后,改为"黄鱼调带鱼",手法是一样的。)一般说来,往往是由独脚戏发展为滑稽戏的。但也有逆向发展的实例,即从滑稽戏中脱胎出一些独脚戏节目来。

这段时间,我对滑稽戏的奢望一发不可收。记得有一次我随亲戚到其友人的写字间,他们聊天,我在旁边无聊地翻阅电话簿,居然让我找到了江笑笑的电话,是专接喜庆堂会的。于是我大胆地拿起电话,拨通号码,正巧是江笑笑听电话,我喜出望外,说:"江先生吗?我昨天在收音机里听了你的'火烧豆腐店',我想拜你为师……"江问我:"你现在在做啥?"我随口说:"我在写字间打电话……"江说:"蛮好,写字间好,唱滑稽呒啥苗头(本领,能耐)……"说着电话挂断了,我的满腔热情,遭到一盆冷水,我对自己也只好冷处理了。

5. 拜师学滑稽

一桩事情的成败,有其必然性,也有其偶然性。有一天,我的好友琴师,正在为我操琴练唱。突然来了他

拜师时

多年不见的同事,交谈时得知这位同事在电台上为姚、周的滑稽节目担任钢琴伴奏,他答应带我们去电台参观。

那是1942年夏天,我虚龄16岁,怀着非常兴奋的心情,我跟随他们来到爱多亚路(现在的延安东路)四川路口的大美电台,当时,姚、周两位都是20多岁的英俊青年,坐在"麦克风"前,演唱

着什锦戏《三娘教子》。姚扮演山东口音的老薛保,周反串三娘,忽儿还兼扮小东人,有说有唱十分滑稽。接着是他们的拿手节目《乘火车》,姚方言流畅,活灵活现一

个小宁波,周不仅演了众多角色,而且由他"开火车",他拿一只算盘翻了身,在桌子上不断滚动着:"嚓!嚓!嚓嚓!"听声音真像火车在开动。这个节目笑料甚多,我们从头笑到底,可又不能笑出声,只能捂着嘴闷笑。

姚、周的节目是6点到7点,7点到8点是何双呆、沈笑亭的滑稽节目。

播音室的绿灯亮了,我们才可以自由交谈。透过红绿信号灯下面的玻璃窗,可以看到报告小姐在播音。这时候,何双呆、沈笑亭来了,姚、周礼貌地向他们致意,经介绍才知道,原来何双呆是姚慕双的老师。给我们介绍的是一位青年,他就是姚、周的开山门学生,艺名筱慕双(本名王海祺)。我与他年龄相仿,一见如故,结成一对小朋友。从筱慕双嘴里得知那位钢琴师叫杜贤顺,大家都称他阿顺叔。

这天参观电台,使我对姚、周两位产生了景仰之情。第二天晚上几个小朋友见面时,我就模仿着姚、周的《小宁波乘火车》,也用算盘作出开火车的音响,在座的人笑声不断,我也越演越起劲。事后,人们都说我可以学滑稽。

认识了姚、周,但并不多接触。倒是和筱慕双、阿顺叔有时偶尔见面。

抗日战争胜利后,电台上滑稽节目多了,那时是姚慕双、周柏春、笑嘻嘻三个档。有一天我和筱慕双去电

台,听的是笑嘻嘻说的《山东辣梨》,十分滑稽。经阿顺叔介绍,我又认识了沈双亮,是姚、周新收的又一个学生,我非常羡慕他。

1948年夏天,我有一次到威海卫路上的"民声电台"去,听阿顺叔讲又有两个青年要求拜师,恰巧姚师母也在。阿顺叔给我们介绍了以后说:"你们当面谈吧!"姚师母很体谅我们,说:"你们三人一起拜吧,可以节约点!"我听了大吃一惊,轻轻地对阿顺叔讲:"我没有向姚老师要求过,行吗?"他瞪了我一眼:"你的心思我早就看出来了,现在姚师母答应了,你还怕什么?一起拜算了!"我默默地为自己感到幸运。

8月8日是我们拜师的日子。那天,我和小郑、小王,还有师兄沈双亮,在老师家举行拜师仪式。没有红地毯,用旧报纸替代,老师、师母上座,师兄做司仪,三人下跪叩头拜师。师母不让我们多花钱,由老师带我们在福州路一家本邦酒楼,点了一桌菜,只请了阿顺叔等共进午餐。午后,老师请我们一起回家吃西瓜。我们的艺名都是师母取的,我叫吴双艺,小郑叫郑双麟,小王叫王双柏。按年龄排列,我成了三人中的师兄。

后来我们才知道,老师、师母体谅我们,没有去惊动更多的人,乃至同行的前辈们。为这件事,确实得罪了一些人,特别是该请的没有请,从礼节上说,我们失礼了,老师、师母也为此事受了一些委曲。我们都是近

20 岁的小伙子,年轻无知,哪知道其中还有那么多的复杂因素。

拜了师,犹如领了一张学员证。进入电台,跟随老师出堂会,都是学艺的主要场所,这些都是自吃饭自花车钱的事。老师是红档,我们进出也不能过分寒酸,于是我们都纷纷效仿老师们的样子, 新做毛料凡立丁长衫,格子碧绉的短衫裤,黑白香槟皮鞋。为了不给人家看不起,我们这些自吃饭没工钱的人,只能打肿面孔充胖子。

6. 首次上电台

　　师傅领进门,修行靠自身。老师时间很紧张,不能专门为我们上课,老师上电台播音,我们跟着去听听,老师唱堂会,我们自费乘了三轮车跟着去看看,老师到饭店、酒家表演,我们跟着进去旁边站站,这些就是我们随师学艺的主要场所。再说,老师演出的节目,大多没有文字稿,词儿都在肚子里,因此,就不得不死记、死背、硬默、硬抄。我的启蒙节目是唱词《劝孝》、《黄金与

与姚慕双、周柏春在合众电台

美人》、《滑稽情书》。背出后,还要学滑稽常用的曲调,什么"行军曲"、"青年曲"、"苏州宣卷"等。对我来说,这些都是新课目,因为我的家底只是学了一些西皮二黄,什么沪剧、越剧、甬剧、淮剧的曲调,都得一一从头学起。还要学各地方言,学放噱头的技巧,真不知该从哪儿着手才好。

听收音机是每日的必修课,当时没有录音机,全靠拍脑袋死记。滑稽节目全听不漏,姚慕双、周柏春,还有程笑飞、小刘春山、俞祥明、杨华生、张樵侬,还有笑嘻嘻、沈一乐、杨笑峰、袁一灵的节目,有则必听,听则必学,学了备用。

记得中秋节的那天傍晚,阿顺叔来找我,说:"你先生今晚有堂会,叫你到电台去代节目,6点钟前要到的。"说完匆匆走了。我被这突然来的紧急通知,一下吓愣住了。但是很快就镇静下来,多难得的实习机会啊!我晚饭没吃,穿起那件惟一的凡立丁长衫,赶往电台。一路上边走边想,去唱什么呢?老师的演播时间平时是不让学生随便播音的,今天千万不能出洋相,更不能砸老师的牌子,一定要选我平时练得最好的唱。

到电台已是5点58分了,阿顺叔,於斗斗(滑稽老演员)早在休息室等了。没等我开口,阿顺叔就说:"双艺,等一会你唱《绍兴小姐》好了!"我紧张地边点头边

擦着额上的汗珠。时间到了,於斗斗拖了我一起进播音室,他说起了《笨家婆》,我做下手。好在节目是熟的,托起来也顺利。跟着,他代我报了节目,阿顺叔为我钢琴伴奏,弹起了越剧"尺调慢中板"的过门,我认真地唱了起来:"上海本是繁华城,白相的地方混登登(多的意思)。京戏要看周信芳,沪剧让位筱文滨,话剧张伐、石挥演《秋海棠》,弹词名家严雪亭……"在弹过门时,我瞄了阿顺叔一眼,突然发现俞祥明坐在旁边,这一吓非同小可,差一点忘了台词。在他面前唱程笑飞的拿手节目,不是"关老爷面前舞大刀"吗?但是我此刻心里很清楚,关键时可千万慌不得,我立刻命令自己沉着、镇静。第一次上电台,一定要给听众留下一个好印象。好不容易总算完成了任务,我忐忑不安地看了看眼前几位老演员,俞祥明伯伯高兴地说:"双艺,唱得有点程笑飞的味道,下趟侬唱,我来托侬。"前辈如此热情的鼓励,使我顿时心里热乎乎的。

节目结束,於斗斗对我说:"双艺,一道到斜桥弄去吃夜饭,是侬太师母关照格。"民声电台在威海卫路(现在的威海路)到斜桥弄(现在的吴江路)很近,太师母早坐在桌边等我们了。姚、周两位师母端菜盛饭,还给於老师准备了黄酒,於老师边喝边侃,对我倍加鼓励赞赏,太师母含着慈祥的笑容,频频点头,看得出太师母还是很喜欢我这个学生的。

　　这是我第一次上麦克风在老师的节目时间里与收音机旁的滑稽老听众见面。从这时起,我学艺的暂时重点有意无意地移到学唱方面去了,如越剧《绍兴小姐》、《山伯临终》,沪剧《三国开篇》、《寿星开篇》、《志超读信》、《太子哭坟》,学唱流派唱腔的《五派叹五更》等。因为这类学唱节目,老师是不唱的,我唱的机会就多了。久而久之,后来居然也有了听众,在老师的节目时间里,专门打电话点播我唱这类节目。

7. 首次唱堂会

上世纪 40 年代后期,除了在电台播音,姚、周两位老师还和程、刘、俞应邀每晚在万寿山酒家表演,我们师兄弟几个每晚也跟班学艺。六点到八点,老师结束了在合众电台的播音,立即赶到万寿山酒家,我们也同样这样忙。顾客们在下面自在地吃喝着,程、刘、俞在台上表演着头档开场节目,接着姚、周赶来压轴。程、刘、俞的节目是以程笑飞自拉自唱、学啥像啥见胜的。程的拿手节目《绍兴小姐》,学唱越剧各流派的唱腔,俞祥明以双簧表演手法陪衬烘托,一搭一档,珠联璧合。程的另一杰作《开无线电》,自拉自唱,学唱各种地方戏曲,并兼变嗓、口技,小刘春山以听众的身份衬托,插科打诨,滑稽突梯。当时,姚、周表演的节目,戏路较宽,趣味较新,有以学说为主的《各地堂倌》、《各地方言》、《广东上海话》、《宁波音乐家》;有以化妆表演为主的《骗大饼》、《瞎子店》、《拉黄包车》、《钉巴》等。有一天,不知怎么姚老师没有来,上场时间迫近,大家急得手足无措,已下场的俞祥明说:"三弟(称周柏春),让双艺跟侬上《钉巴》,反正词儿都知道的。"说时迟,那时快,已经该上场了。周老师无可奈何地朝我说了一声:"上!"我想,好家伙,滚钉板的时刻又来了。上就上,我也豁出去了。周老师是主演,扮强讨钱的瘪三,手执蒲扇,紧跟强讨;我是下手,扮一毛不拔的老板,口咬雪茄,两眼朝天。好在词儿我早就死背出来了,但是节奏不稳,接触不准,效果不能同老师相比。这一场演出总算应付下来,以后再看老师的表演,更加亲切了。他们两位的搭档,一句来,一句去,配合默契,丝丝入扣,语言精练幽默,动作潇洒诙谐,我越来越感到滑稽表演的学问大着呢!

没过多久,上海解放了,姚、周和程、刘、俞再度合作,表演滑稽戏《天亮了》,接着演《欢天喜地》。参加演出的还有夏萍、刘侠声、唐茜娜等。演出地址在现在的西藏路南京路南首,音乐书店楼上,当时叫天宫剧场。

后来姚、周与朱翔飞、张利利、杨笑峰、袁一灵、鲍乐乐等在国际剧场合作演出《开路先锋》、《红姑娘》等。

8. 双字第一班

1949年深秋，解放了的上海，私营电台虽然有好几十家，但哪里轮得到我们这些无名小卒的份呢！总算我们幸运，刚拜师不久的师弟钱双恩，电影明星欧阳莎菲

前左起：王双庆、吴双艺、沈双亮
后左起：郑双麟、王双柏

的弟弟,通过电影导演屠光启的关系,好不容易花了九牛二虎之力,使一家私营电台同意给我们四十分钟的播音时间。那时的播音时间是要演员花钱买的,我们哪里有钱呢,只得到南京路、淮海路的各大商店挨家挨户去兜广告。商店老板根本不认得我们这些小家伙,我们又只好揪出老师姚慕双、周柏春的牌子和他们慢慢磨。为了获得播音的机会,其中甘苦是一言难尽。

总算能够播音了,但又怕做砸了牌子,当时我们命名《双字第一班》,有吴双艺和王双柏、郑双麟、钱双恩四个人,日日夜夜聚集在老琴师阿顺叔家里,一次次排练节目,台词背得滚瓜烂熟还不放心,又把弄堂里的小孩子找来当听众。我们把香烟缸、茶杯捧在手里当"麦克风",对着练习,同时观察孩子们的反应。

等到正式上电台播音了,我们的老师、师母几乎每天都在家里准时"监听";发现我们当中有谁咬字不准,哪里语气不对,哪句方言不像,都及时给我们指出和纠正。这样《双字第一班》的《自由谈唱》渐渐受到了听众的认可和欢迎。

9. 当年的新秀

1950 年 9 月 12 日,由姚慕双、周柏春老师领衔的"蜜蜂滑稽剧团"宣告成立。当时该团的主要演员有:夏萍、陈红、筱咪咪、龚一飞、吴媚媚、唐茜娜、胡君安、王君侠等。滑稽新秀即姚、周弟子"双字辈"有吴双艺、王双柏、翁双杰、王双庆、郑双麟、童双春、何双龙、李双俊、张双勤等。男学生名字中都是明双,而女学生名字中都是暗双,即根据她们的自愿,改成复姓,计有司徒华、欧阳丽、上官芬、诸葛英、上官静等。后来又来了李双全、伏双虎,没有进剧团的还有张双云、袁双麒、钱双恩、范双雄等,加上老师兄筱慕双、沈双亮共有 22 人。(加上 60 年代的王辉荃,80 年代的李青、方艳华、钱吟梅、陈忠英。)当时的双字辈是属于力量较雄厚的一支滑稽新生力量。

同时期的滑稽新秀可谓队伍庞大、人才济济。有程笑飞的学生称飞字班,小刘春山的学生称春山班,杨笑峰的学生称峰字班,袁一灵的学生称灵字班,程笑亭的学生称亭字班,沈菊隐的学生称一字班,筱咪咪的学生称咪字班;筱快乐的学生称良字班,张幻尔的学生称尔字班,田丽丽的学生称丽字班,及各剧团的随团学员,约 200 人之多。

半个多世纪过去了,当年的新秀都已年过花甲,白发苍苍了,但其中有的还在发挥余热。

10. 首次演主角

    姚慕双、周柏春老师领衔主演的"蜜蜂滑稽剧团"成立后,演出的第一出新戏是反映解放前艺人与恶势力斗争的滑稽戏《播音鸳鸯》。我幸运地出演该剧中的播音员,戏不多,仅十分钟,但很讨巧。当时在舞台上演出,我是个无名小卒,但在电台上播音已是小有名气了。因此,在红宝剧场(南京西路西藏路口)演出时,我一出场,就听见观众席中有人说:"吴双艺……是吴双艺嘛!"我在剧中唱了一段《绍兴小姐》很受观众欢迎。有一天,恰好有沪剧界名流来看戏,姚、周老师叫我换唱一段沪剧《五派叹五更》(即沪剧《陆雅臣叹五更》中学筱文滨的文派,施春轩的施派,邵滨孙的邵派,解洪元的解派,王筱新的王派)。由于我学唱五个流派的唱腔形象逼真,惟妙惟肖,剧场效果甚是轰动,掌声四起。

    不久,喜讯传来,周柏春老师以上海滑稽界代表的

《烈火红心》剧照，
右为翁双杰

身份应邀赴京出席全国戏曲工作会议。在一片欢腾的
喜悦声中，我也肩负着一个惊喜交加的光荣任务，就是
让我顶替周老师饰演的主角——林耀琴。我，一个初出
茅庐的幼苗，一下子要顶老师唱做俱重的主角，这难度
是可想而知的。我顿时急的嗓音失润，幸好前辈老师们
都护帮着我这棵弱不禁风的幼苗。首次演主角，总算任
务完成得还不错，这是可遇不可求的良机，使我终生难
忘。实践使我懂得了平时多看戏的好处，于是我抓住一

切机会在台旁看戏,学老师们的表演,甚至连几个重要角色的台词、唱词、动作、表情都默默铭记在心,凡有救场任务,我是团内信得过的人选之一。这样不仅实践机会多,更难得的是学到各位老师的表演特点。五十多年后的今天,使我深感代演的益处,它有助于我博采众长,吸取养料,茁壮成长。

11. 结婚照的联想

　　在我的成长过程中,不仅得到姚、周两位老师的悉心培育,精心提携,最使我难忘的是,在日常生活中,他们全家对我无微不至的关心、照顾。

　　看到 1952 年我和老伴辛瑞香的结婚照,立即想

与辛瑞香结婚照

到当时结婚典礼时的证婚人——和蔼慈祥的姚馥初先生。他就是我恩师姚、周的爸爸，我的太先生。同时又想到鼎力支持我操办婚礼的善良贤达的老太，她就是我恩师的妈妈周勤侠，我的太师母。两位老人对我的教育、恩情，远远超过"证婚"、"借贷"之情。

当我结婚后，提前归还借款时，太师母笑着说："勿要还了，急点啥？再讲一年还吪没到呢。"我当时像个顽皮的孩子贼忒兮兮地说："借借还还，再借勿难嘛！嘻嘻！"旁边心直口快的"老伯伯"开口了："双艺，侬好个。向侬太师母借铜钿，来归还的侬吴双艺是第一个。"（"老伯伯"是老师的姨妈，大家都习惯地这样尊称她。）因为当时有的亲朋或同行有困难来借贷者，往往有借无还。此时，太先生拉我到旁边轻轻耳语："双艺，做人，啥人勿要面子，有辰光也是吪没办法，对吗？"太先生浓浓的宁波乡音，慈祥的面容，可亲的话语，宽广的胸怀，善良的心地，数十年来一直铭记在我的心中，难以忘怀。

太师母在我心目中，是可敬可爱、博学多才、足智多谋、教子成才的慈爱老太。

我很幸运得到恩师和太师母的宠爱，能在老师的固定节目里实习播音。当时合众电台在老师家隔壁。每天日场散，我跟随老师到家晚餐，餐后到合众电台随老师播出每天的固定节目。当时，在老师家，我这个"薄皮"是出了名的,(这倒不是贬义的,是对我的爱称。)因为我尽管身材瘦长,可是胃口很大,每餐饭吃三碗。尤其是"老伯伯"最关心我:"'薄皮'勿吃三碗勿来事("勿来事"即"不行")格。"偏偏我是"吃煞勿长肉",还是又瘦又长。

我特别受宠爱的是能在太师母房内吃饭,当时同桌的只有太师母、太先生、两位老师和全家最得宠的姚玉儿(即姚老师的长女)。我也挤在楼上和太师母一起吃饭,可见我这个"级别"是提得很高很高的啦!得到如此优惠,宠爱,经常在太师母身边耳濡目染,各种知识的获益,是不言而喻的。

12. 首次当导演

　　1959 年,为了参加上海市戏剧汇演,我们剧团的参演剧目是《不夜的村庄》,领导的确有魄力,大胆启用我担任导演。剧本写的是知识分子下放到农村参加劳动锻炼,自己怕苦怕累,而又自命清高、不懂装懂,闹出很多笑话,最后在老农纯朴无私的感悟下深受教育。当时扮演知识分子方和清的是周柏春,演老农张老福的是朱翔飞,演村党支部书记的是袁一灵。朱、袁两位老师都是首次合作排新戏的,同时也是我仰慕已久的两位前辈,这工作的难度是可想而知的了。

　　滑稽戏的排练,从幕表制初步过渡到剧本,但是进了排练场,特别是二度创作,有很多探索的课题。我这个所谓的“导演”,只是明确主题,掌握剧情,分析人物,安排场景,舞台调度。至于音乐、舞美、灯、服、道、效、化,均由各部门主管解决。导演最重要的工作是调动、发挥演员二度创作的积极性、创造性。依靠几位前辈、老师的主动发挥、即兴创造,群策群力,《不夜的村庄》终于在预选中获得首肯。此剧目后又有钟高年加盟,最后又邀请了李天济,使该剧锦上添花,在汇演的滑稽戏中,属于获得评价较高的一个剧目。

幕 外 戏 (一)

《不夜的村庄》中扮演饲养员张老福的朱翔飞,一口醇厚的浦东方言,一身淳朴的饲养员穿戴,腰缠青布围裙,头戴粗呢毡帽,性格爽朗,爱憎分明,语言风趣,幽默深情,举手投足,观众笑声不停。无论是观众或是同行,对其表演,颇加赞誉。

当时,我们在延安中路"光华剧院"演出。有一天,只演夜场,七时半开场,我是"导演",提前两个钟头到后台。舞美组工作人员都提前到了,演员还没有到。我来到舞台左侧,放小道具的台下小间,只见管小道具的老黄坐在小板凳上打瞌睡。我轻轻地招呼他:"老黄,昨天夜里没睡好,打瞌睡啦!""我在台上摆道具呀!"老黄在台上回答我。我再往小板凳处望过去一看,呆掉了。我连忙羞答答地打招呼:"朱伯伯,是侬啊!对勿起,我还当是老黄呢。"朱说:"我勿是打瞌睡,我是闭目养神。""朱伯伯,你来得太早了,装也化好,服装也穿好,

侬……"他打断我的话,说:"我现在精神勿多,要做人家(节约的意思)点用。坐在此地,呒没人看见。精神省下来,台上给观众。"我听了,不敢再讲了,让朱伯伯养精神吧!

现在想起来,朱伯伯的话,虽短而幽默,但含有浓浓的辛酸味。是啊,当年朱伯伯才48岁虚龄,这样有才华的艺术家,由于旧社会的艰难生活折腾,过早地衰老了。这种现象很普遍,当时江笑笑活了47岁,刘春山只活了40岁。想起这些,我们应该珍惜今天的幸福生活啊!

幕外戏(二)

《不夜的村庄》的上演,确实引起了滑稽界乃至文艺界很大的轰动。不久,被选中搬上银幕,由应云卫导演。消息传来,全团一片欢腾。在应导演的带领下,摄制组浩浩荡荡来到松江农村体验生活。应云卫是著名电影导演,对我们滑稽戏也不陌生。在和我们分析剧情研究人物时有说有笑,谈笑风生。影片中我演一个知识分子,剧中有场学划船的戏。于是,当天午饭后我就抓紧空闲的时间,向农民借船学着划。哪知我不学还好,一学就出纰漏。我看农民教我划船,拿篙子左面一撑,右面一撑，船就向前方挺进了。我说："行！我懂了。有事你去忙吧！"我接过篙子，他上岸而行。我满不在乎地捋起袖子，拿起篙子，向左面使劲一撑，船向右拐；再向右面一撑，船向左拐，就是不向前走。慌忙之际，忽而向左，忽而向右，我的双脚就都站不稳了。船晃得越来越厉害，我的心也更慌张，一不小心，人翻身下河。

深秋的河水寒气袭人，冰凉刺骨，加上我又不会游泳，在这危急的生死关头，我一面胡乱地蹬脚拍水，一面拼命地去抓那翻了身的船沿，叫喊着："翻船啰！救命啊！"尽管我知道这河水并不深，但不一会儿，人已筋疲力尽，身体开始慢慢下沉了。幸好我师弟何双龙闻讯火速赶到，三下五除二救我上了岸。忙得大家又烧姜汤又为我换洗衣裳，还算没出大事。可遗憾的倒不是翻船，而是剧本因故搁浅，影片未拍成，一场空欢喜。在场的同事都欣慰地说："还好还好，一场虚惊，何双龙奋不顾身，吴双艺'水'里逃生。"

13. 首次学编剧

1959 年，当时我们剧团属于新成区（现在的静安区）。市里要举办话剧、戏曲、杂技、评弹青年汇报演出，

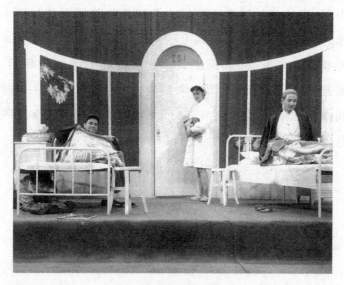

《关不住的一股劲》剧照，

右为童双春

区里派来的领导干部左大同,给了我一个创作任务,要我编一个滑稽独幕剧参加汇演,要求一定要超过我团以往演过的(所谓"超过",是指滑稽特色)。接到这个任务,我真是日里吃不下,晚上睡不着。当时每天演出日夜两场,哪有时间寻找题材,又一定要滑稽,限期又那么紧迫,我真急得不知所措。

有一天,我们到一个厂演出(是我团的亲家厂,即协作单位)。在休息闲聊时,一位熟人说起厂里一位技术资深的老工人在疗养所休养时,为了车间里机床革新问题,乘护理人员不备,竟私自乔装溜出病房……他讲时无心,我听者有意,多好的创作题材啊!尽管我只是个演幕表戏起步的年轻演员,但对所谓作品的主题立意,剧中人物关系,剧情的起承转合,噱头的铺平垫稳,大套子,小套子的运用……我倒算还能略有所知。于是我开始酝酿剧情、人物、滑稽结构、招笑技巧……不久,初稿完成,向领导汇报得到认可,我是士气大增。该剧命名为《关不住的一股劲》。这就是我自编自导自演的第一部滑稽独幕剧。参加青年汇演后,各方面都获得了好评。该剧也成了我团的保留剧目。

后来,我遇到青年话剧团的李家耀,他高兴地告诉我,说他在外地演出《关不住的一股劲》时,竟有观众叫他"吴双艺",并说在上海看过演出的,李家耀无奈只能微笑默认。最后,我们总算明白了,因为当时我和家耀

的脸型很像，都是瘦瘦长长的香瓜子面孔。

《关不住的一股劲》初战告捷，年轻气盛的我，热爱创作的一股劲也关不住。为了配合当时技术创新的热潮，我又创作了独幕剧《开无线电》。故事很滑稽，我和周老师演两兄弟，为了革新拆坏家中祖母喜爱的无线电。姚老师演爸爸，为了瞒过祖母巧施妙计，父子三人躲在沙发后面，轮流佯作电台上播放各种地方戏。范素琴演祖母，一口标准宁波方言："格柴啦！电台浪才是男人，柴会一个女人也呒没个呢！"我连忙拖出上官静演的小妹，叫她上去。小妹只好唱："海啦啦啦啦！海啦啦啦啦！天空出彩霞呀！地上开红花呀！海啦啦……我唱勿来个！"终于弄僵了！

最后，我只好骗耳聋眼花的老祖母到俱乐部去看演出。我说："阿娘！无线电坏掉了！到俱乐部看戏去！"祖母侧耳说："沙西？"我说："阿哥在俱乐部门口等侬！"她说："跪在门口等我？罪过！'好份个'（宁波方言，即不用的。）！"范素琴老师的即兴噱头，使我们同台的演员忍俊不禁，个个笑场。

于是，我作为一个初学写作的编剧者深深体会到：一部滑稽戏的成功，不仅是剧本的选材和写作的到位，同样离不开演员的二度创作，只有这样才能让演出更趋完美。

14. 进入"人艺"

在人生的旅途中,无论对某一个人或某一件事,往往在失落了之后,才真正感觉到他的价值有多珍贵,也只有在这个时候才能切身体会到失落之痛苦。

早在1952年,我们蜜蜂滑稽剧团团长周柏春就制订了"三编二导"的制度,还作了向"人艺"学习,每戏必看的规定。全团停演日场,演职人员全部到"兰心剧场"观看"人艺"演出的《曙光照耀莫斯科》、《布谷鸟叫了》等优秀节目,学习话剧的语言、表演的长处,借以弥补我们表演上粗俗肤浅之不足。当时,周老师作为一个年仅20多岁的年轻团长,能如此高瞻远瞩,实属罕见。

1960年4月14日,上海人民艺术剧院大排练厅彩旗林立,锣鼓喧天,全院上下热烈沸腾地办着喜事。这就是我们滑稽剧团和方言剧团划入"上海人艺"建制的大喜日子。我们受到了院领导及全院老同志的热忱欢迎、亲切款待,欢迎会上市委宣传部、市文化局、院各级

与唐茵娜在"人艺"

　　领导热情洋溢的讲话，对我们的鼓励教育，至今仍是记忆犹新，终生难忘。

　　进入"人艺"真是如愿以偿。踏进剧院大门，一股浓郁的艺术氛围令人陶醉。他们平时交谈，开口斯坦尼、闭口布莱希特，我真有点像"打游击的"跑进了"军事院校"、"跑江湖的"进入了"高等学府"的感觉。

　　幸好我们很快就适应了艺术殿堂般的生活。这与我团曾演过《幸福》、《升官图》、《双喜临门》、《西望长

安》等话剧本子,从中吸取养料是不无关系的。特别是
《西望长安》的演出,获得社会各界的轰动反响。电影、
话剧名家石挥专题撰文赞扬我们运用滑稽手段塑造人
物的长处,同时他诚恳地指出了我们某些习惯性的不
足之处。这些都为我们滑稽戏的博采众长为我所用,取
长补短茁壮成长,奠定了良好的基础。

《纸船明烛照天烧》是我团进院后,由黄佐临院长
亲自挂帅,创作演出的第一个戏。调动了全院优秀的编
导大军,集中了工场舞美、灯光、服装、道具、效果、化装
乃至人物的体型、发型、脸型的造型创作方面的优势兵
力,总导演黄院长特邀部分说"方言"的同志协助演出。
由于这是一出反映当时"反对美帝武装日本"的大型滑
稽戏,规模宏大,还邀请了数十名临时演员。舞台上有
直升飞机降落,军舰舱内外搏斗,飞机场防备森严,示
威队伍气势磅礴,美总统府的豪华富丽,东南亚的海岛
风光等等……场面之大可谓滑稽戏史之空前。当时市
府金仲华副市长,是国际时事专家,亲临观看后,热情
地给予鼓励和肯定。新老观众,滑稽同行,争抢观摩,一
睹为快,盛况空前。

这就是剧院领导为我们安排的第一课,我们敬爱
的"班主任"——黄院长花了多少心血、耗了多少精力,
对我们寄予多大的期望,这一切都深深地铭刻在我们
每个人的心上。深感遗憾的是几年中我们交出的答案

是不太理想的,有负院领导、老院长的期望。

现在我们离开了剧院,但是我们对剧院的感情是永恒的。当我们在创作演出中遇到困难时,或获得成功时,都会想到剧院对我们的哺育,我们是多么留恋在剧院生活的日日夜夜啊!

15. 我的学生

　　进了"人艺"，我这样的年轻演员，在创作、表演的实践中，有了很大的进步和提高，演出了《满园春色》、《纸船明烛照天烧》、《笑着向昨天告别》、《梁上君子》、《就是侬》等大型滑稽戏。1962 年就先后加入了上海戏剧家协会、上海市曲艺工作者协会（即现在的上海曲协）；接着组织上安排我担任了艺术委员会副主任。

　　1961 年秋，领导上安排一个拜师仪式。由领导郑重宣布：王辉荃拜周柏春为师，龚伯康拜袁一灵为师，孙小英拜吴双艺为师，郑国芳拜范素琴为师。

　　原来他们在学馆都是同学，经过拜师情况起了变化。尤其是王辉荃，他对待孙小英拿起架子来了。他要孙小英叫他"爷叔"，因为孙小英的老师是吴双艺，而吴双艺的老师是周柏春，他王辉荃的老师也是周柏春，水涨船高嘛，王辉荃当然成了"爷叔"辈分了。这事，表面上看来似乎在说笑，其实，王辉荃的话也不无道理。

孙小英与龚伯康、单祥生、侯培生等是在区里就进团的学员,她是广东人,音乐方面天赋是不错的,据说她已考入了音乐学院,但又喜欢滑稽,当时主考是姚慕双老师,他喜欢这个"小广东",就录取了。

当时每位老师都要带学生学独脚戏,记得在学员实习演出时,在共舞台日场,孙小英演出《普通话与方言》,我为她当下手(即捧哏)。因为广东方言是她的优势。我就和学生孙小英演出过这么一次。

在我团1963年北上(南京、天津、北京、青岛)演出《满园春色》、《笑着向昨天告别》,特邀"儿艺"的作曲家张鸿翔,为两部戏作曲、配器。当时乐队人员紧张,孙小英被选入乐队,担任打击配器,发挥了她在音乐方面的才能。

在大型滑稽戏《一千零一天》中,孙小英饰青年女邮递员,演了一个较称职的角色。

在"五七干校"时,正是大唱样板戏的时候,她又发挥了乐理方面的才能,带领部分不识乐谱的老师,学唱样板戏。后来她随着"战高温"的部分人员,进了工厂。近年来,她经常来我家探望,共叙旧情。

此后,虽多次有爱好者要求拜师,由于种种原因,都被我一一婉言谢绝。彼此交个朋友,不作师生关系,或电话通讯,或茶会聚谈,不亦乐乎。

16. 杨华生老师

　　我在上世纪 40 年代后期,有幸投入姚慕双、周柏春两位老师的门下,学习滑稽表演艺术。50 年代后期,

《漫谈麒派》剧照,左为杨华生

在一片"制订个人红专规划"的浪潮中,我在两位老师的热情支持下,由双方剧团领导商榷决定,为我能寻找杨华生老师学艺提供了方便。因此我也是杨老师的学生。

当时我学习时间往往约在夜场散后,我登门求教,杨老师无私传艺。记得第一次上门,只见厅里放着钢琴,墙上挂着京胡,另侧的留声机旁堆放着滑稽前辈王无能、江笑笑、刘春山录制的滑稽唱片……浓浓的艺术气氛,深深地感染着我。听了一段滑稽唱片后,杨老师兴致勃勃地让我唱了一段麒派京戏《四进士》,他从墙上的琴袋里取出京胡,亲自为我操琴。我战战兢兢地唱了那段"西皮散板"。杨老师给了我热情地鼓励,同时又为我指出了学麒派的要领,此情此景,至今记忆犹新。由此可见杨老师不仅对自己的事业严肃认真,对待晚辈传艺也毫不含糊,最可贵的是他待人和蔼可亲、平易近人。杨老师和姚、周两位老师一样,是我们可敬的尊长。

每次看了杨老师的演出,总觉得是一次美好的艺术享受。他在舞台上的表演是那么轻快洒脱,松弛自如,但他在舞台下却是严肃认真,刻苦钻研,一丝不苟。他的表演能获得"唱做俱佳、戏路宽广"的赞扬是受之无愧的。他演的古装戏《拉郎配》、《新官上任》、清装戏《苏州两公差》、现代剧中演的老工人"样样管"、民警马天民、三轮车工友王三和、伪警察"369"、鲁迅先生的名作"阿Q"……个个身份不同、性格各异，但他都演得活灵活现、栩栩如生，给观众留下深刻的印象。当然，这些成功后面凝聚着杨老师的许多心血。无论是语言的技巧、形体的设计、方言的运用、唱腔的处理，乃至笑料的选择，无不经过他悉心研究、反复推敲，他的案头准备工作十分仔细、周密的。

杨老师的表演是注意根据规定情景和人物性格来进行二度创作的。但他不是斯坦尼斯拉夫斯基强调的演员从自我出发，在规定情景中转化成剧中人物，忘掉自己；也不是一味要求自我，要求清醒理智的布莱希特。他实践的是"我和角色的统一"的表演：既要有"我"，又要有角色；既要有体验，又要有表现；既要有情感，又要有理智，这和我们中国古典戏剧美学大体是一致的。我认为这正是我们滑稽表演艺术要追求的一种表演体系。正如黄佐临老院长当年为我们排练《梁上君子》时专门为我们讲演的《喜剧表演十二条注意》，头一条就是"真真假假、虽假犹真"，也就是"真中有假、假中有真"。所以杨老师的表演既不是"一真到底，进了角色、忘了自己"；也不是"假了再假，不顾人物，任意逗笑，自我表现"，而是"我和角色并存"。他注意自己是剧中人物，但同时不忘记自己是在演戏，并且时刻都清醒地在检验自己表演的角色，运用的滑稽艺术手段是否

得到观众的认可（因为滑稽戏往往是运用笑的手段塑造人物的），能否取得观众的共鸣，能否收到应有的艺术效果。这样才能不断纠正失误，使表演精益求精，日趋完美。这样的例子不胜枚举。

就以杨老师的唱为例，为了揭示人物的心声，他往往用假嗓在高音区拖长腔博取掌声，这种运用高亢、婉转的绍兴大班的曲调，是杨老师擅用的"卖法"之一。他演唱时将动作，神情、声腔熔为一炉，以他节奏的准确、分寸的得体，使长腔一直拖到观众席掌声四起。在用长腔表达人物心情的同时，他又清醒理智地检验观众的反应，掌声起，立即收腔告捷。反之他将一拖到底，不获掌声，决不轻易罢休。

杨老师在滑稽园地辛勤耕耘半个多世纪，对滑稽事业的卓越贡献，是值得我们晚辈学习的。

17. 进中南海

上世纪 60 年代初，我团自行创作排演的滑稽戏《满园春色》，是屡获荣誉的优秀代表作之一。1960 年我们蜜蜂滑稽剧团划入"上海人民艺术剧院"建制，命名为"上海人民艺术剧院滑稽剧团"。挂牌演出的第一个戏，就是经过加工修改后的《满园春色》。十年浩劫后重新建立上海曲艺剧团，与观众见面的仍是重新整理的《满园春色》。1989 年庆祝姚慕双、周柏春舞台艺术生活 50 周年纪念演出的，还是经得起 30 年时间考验的社会主义滑稽戏《满园春色》。

最令人难忘的是 1963 年 6 月 25 日，我们上海市滑稽剧团光荣地受到周恩来总理的邀请赴京演出，进入中南海，为中央首长演出反映社会主义服务行业新气象的滑稽戏《满园春色》。那晚我们每个人都怀着无比激动的心情，各自忙着做好演出准备工作时，突然一个小青年奔进后台，激动地说："敬爱的周总理来看戏

陈毅、李先念等中央领导与《满园春色》剧组合影

了!""朱委员长来了!""陈老总来了!""董必武副主席来了!""李先念副总理来了!"……这声声喜讯的传来,使我再也按捺不住沸腾的激情,我一定要以最优异的成绩向首长汇报。

我饰演的是一个由落后转变为先进的"八号服务员",是剧中主角之一。我是以"面孔冰冰冷,态度生碰碰",阴阳怪气,冷面阴嗓的手法来表现的。

为了让周总理及其他中央首长能听懂我在剧中的台词,领导专门作了安排,把我饰演的"八号服务员",改无锡方言为苏北方言。实践证明,方言的调整,使剧场效果格外热烈,台下笑声迭起,掌声不断。周总理更是笑口常开,并不时拍着邻座首长的肩膀,边笑边作翻译,边作翻译边笑。

演出结束后,首长们上台亲切地与全体演职员一一握手并合影留念。陈毅副总理穿着对襟中式便装,风趣地学着姚慕双(四号服务员)在剧中反复运用的台词,跷起大拇指连声说:"伟大!伟大!你们搞了一出社会主义的滑稽戏。"因为《满园春色》演的是财贸战线上的先进事迹,陈老总风趣地指着李先念副总理向我介绍说:"他就是你们的顶头上司——财政部长。"一席话,把李副总理、周荣鑫秘书长和我们都说得大笑起来。首长们平易近人、和蔼可亲的态度,使大家的紧张情绪一下子全放松了。周总理因为临时有重要外事任务,没能接见我们,然而他亲自指定了国务院副秘书长杨放之同志陪同我

们吃夜宵。杨副秘书长为我们剥粽子时对我们说:"这是周总理亲自安排的,总理说,你们演得好,大家辛苦了!今天是端午节,一定要按南方人的习惯请你们吃粽子。总理还特别叮嘱要南方人陪同,我是南方人,所以我来了!"我们听得又亲切又激动,那天夜里大家说什么也睡不着。谈啊!笑啊!激动啊!流泪啊!整整折腾了一夜。都说今天的幸福时刻是一辈子也忘不了的。

正当我踌躇满志,准备在滑稽艺术上争取新的突破之时,一场意想不到的"史无前例"突然到来……

李先念副总理与我们亲切握手
左二为袁一灵,左三为周柏春

第二章

"到处流浪"

18. 因祸得福

"孝 子 贤 孙"

1965 年，上海人民艺术剧院滑稽剧团部分人员分别去川沙县蔡路公社和上海锅炉厂，参加"社会主义教育"工作。在领导的关心下，我和姚慕双老师被安排在上海锅炉厂任社教工作队队员。

一年后，我兴致勃勃地返回剧院，准备向组织上作一次思想汇报……谁知踏进安福路 284 号剧院大门，一下愣住了。"揪出吴双艺"的大字报像牌门板一样大，什么 "文艺黑线的干将"，"周家天下姚家班的孝子贤孙"……不一而足。

这当头一棒将我原来想向领导汇报的思想收获、得益的美好的愿望砸得粉碎，使得满腔热情的我，顿时

跌入了万丈冰窖。

随着"史无前例"运动的深入,"人艺"牛鬼蛇神队伍越来越庞大。被隔离审查的,靠边检查的,搞审查工作的,搞专案工作的,串连的,甚至到外地串连,到外地搞专案材料的……剧院上班的人已是寥寥无几。人们都说三团、四团的人最规矩,按时上下班;也有人说,什么规矩不规矩,雇佣观点,按月拿工资嘛!(三团就是"人艺方言剧团",四团是"人艺滑稽剧团"。)其实,当时我们滑稽界已是剧种被砸烂,剧团都解散,成员遭灾难。

人们常说:"门前大树好遮荫。"所以像我这样的

吴双艺夫妇与儿女们

"蛇虫百脚"还轮不上重点批判。不过,说实话像我这号"小爬虫"日子也不好过。不论批判那一号"牛鬼蛇神",我们不是陪斗就是陪坐,没被点上名就是幸运。到批判会后分组谈体会时,自己还要识相,主动对号入座,触及灵魂,斗私批修,将自己臭骂一顿才能过关。

可是就这样还有人说,这是"逍遥派",说什么"斗私批修触灵魂",是"言不由衷唱山歌"。

飞 来 横 祸

有一天,单位号召献血,为了显示自己的积极进步,我也挤在人群里称体重。当时我是个骨瘦如柴的瘦高个,1.78米的身高,可体重只有59公斤。那是在常熟路附近一家诊所里,等排队轮到我时,那位医生对我说:"你还献血?算了吧!明天到'结核病防治所'去拍片检查!"弄得我"丈二和尚摸不着头脑"。

与妻子辛瑞香在复兴公园

　　第二天拍片检查报告说我"左上肺有空洞"。（医生说："空洞是长圆形的，上下约五分硬币长，左右约二分硬币宽"）这正如晴天霹雳，飞来横祸。医生当即开出处方：注射链霉素，口服雷米蜂（都是当时的特效药）。并嘱咐：饮食要多加营养，精神要乐观配合。造反派知道了我检查结果，看见我面戴口罩，时有咳嗽的形象，哪敢要我上班，叫我在家治疗。我也算是因祸得"福"了。

　　我算是不上班，少挨批，轻松得多了。可是另一个人却是雪上加霜、苦上加苦了，她就是我的爱人辛瑞香。原来就是上有老、下有小，拖了三个孩子，加上我这个吃饭不管家务事的"懒汉"，一家六口，买、汰、烧都压在她身上，如今又添上我这个"富贵病"的病号，她每天两、三点钟起床，到菜场去为我买鸡、肉、鱼、虾等营养菜。当时因货源紧张，只能起早排队挨号买营养菜。有时，甚至将刚14岁的女儿国芬拖起来排队去。这么忙的瑞香，每天还要为我煎两次中药。因为当时的特效药，如果日子用久了，都将产生严重的副作用。事出无奈，只能请中山医院的中医师诊断处方，让我服用煎药。我从每次处方七帖到十四帖，后来医生根据病情照顾我，每次处方二十八帖，于是我每次都带着网袋去取药。朋友看见了，就开玩笑地说我每个月都像办年货。我除了苦笑，还能说什么呢！就这样瑞香为我煎了一年多中药,药罐头煎破了四五只。有一次去复诊,医生说:"根据病情,喝一年就可以了。"我此时想,喝一年 365帖,索性喝满 400 帖算了。医生同意了,我病情也好转了,"空洞"也补愈了,可是我爱人却被我害苦了。原来身体结实健壮的她,如今是日益消瘦体弱了。当然其中也有为我担忧的因素。

养 病 记 趣

不去上班,在家养病,鸡汤喝喝,午觉睏睏,病情日渐好转,自我感觉平静。瑞香为了让我高兴,买菜时买了几只刚孵出来的小鸡,整天家中"叽叽叽叽",倒是十分有趣。后来一只白色的和一只黄色的渐渐长大,原来的小笼子不能放了。吃了没事做的我,在引火柴中拣了一些木条竹片(我家附近人民路有很多竹器店、木器店,将制作多余的碎料按斤卖给居民作生炉子用的引火柴)。这些碎料成了我制作鸡笼的原材料,我还装上铰链,可以随意开关鸡笼的门。小白、小黄两只小鸡非常乖巧,能通人意,当我们喂米喂水时叫它们:"小黄!小白!"它们很快来到门口接受喂食。尤其是早上我用调羹倒一点牛奶喂时,它们会用嘴吸奶,然后仰头咽下,一个接一个排着队来吸奶,真是太有

趣了。有时清早，我一手拿小板凳，一手拎着"小白、小黄"的鸡笼，到弄堂口对马路派出所门口，人们都喜欢这两只小鸡的灵巧。可是好景不长，因为"城市居民不准养鸡养鸭"，人与鸡产生感情了，我们家谁都不肯吃这两只小鸡。

有一天，午觉后出外散步，走过延安东路北海路附近的一家卖皮革、人造革碎料的门市部，只见里面买的人不少。听说他们买回去，做手提包、做坐垫的都有。我也挤在人群中拣了几块碎料。回家后，向瑞香学缝纫机制作，先做了一只人造革手提包，又做了自行车坐垫的套子。听到赞扬后，我更喜滋滋了，买了几卷同样色彩的人造革边料，索性将边料拼凑起来，为家里的旧沙发做副套子。这边料是墨绿的，我又配了一些黑色的边料，作为嵌线。缝制成后，倒也色彩鲜明，美观大方，价廉物美。看到客人坐上沙发，又称赞我的手艺时，心中顿时有一股美滋滋的感觉，这可是从未有过的一种幸福感。与此同时，我很自然地想到"劳动最光荣"。又想到批判我的大字报上，说我演的戏都是"毒草"，就会放毒……就连歌颂社会主义服务行业新气象的《满园春色》，硬说是："讽刺三年自然灾害，吃鱼吃肉要鱼票、肉票，你们舞台上大鱼、大肉、鸡呀、鸭呀，挑动老百姓，这不是讽刺社会主义吗？难道是'香花'吗？"脑子都被搞糊涂了。我想不通，随手拿一个演过的戏，都能批判为不是丑化了工农兵,就是宣扬了封资修……真是欲加之罪,何患无辞。扪心自问,我从学艺开始,一直在歌颂工农兵,讽刺封资修,难道我的表演创作不是劳动吗?怎么结果会是这样的呢?……

"区 别 对 待"

这段时间,我每月 5 日总要到剧院去拿工资。那天下午,我在二楼财务组拿了工资下楼,走廊里巧遇久未见面的胡廷源,他正在搞一个专案组工作。他问我到剧院来干啥?我说准备望望大家。他虎着脸说:"不要兴冲冲了,人家正要找你呢,快走吧!"我莫名其妙地被赶出了剧院。后来才明白,当时"革命小将"对口串连,本地的、外地的文艺单位到剧院来,各剧团的造反派都要将本单位有错误、有问题的对象,揪到剧院草坪上批斗,以此显示他们的革命成果。如果我在剧院,很有可能被揪出凑数。真要感谢胡廷源那天及时指点,得到解救,否则我那一次 "兴冲冲" 很可能又招来一场没趣的下场。

人们常说"虱多不痒,债多不愁"。我每天提心吊胆,不知哪一天他们又会来找我。久而久之,紧张的情绪倒也逐渐松弛下来了。不过,我又立即提醒自己:"怎么?又

要忘乎所以了!"找是肯定要来找我的,不过是早晚的事情。嗨!果然来了!就在那天下午来了一位不速之客,这位"头头"说我这样闲着不上班,群众很有意见,运动在不断深入,这样会跟不上形势的。最后,命令我第二天上午九时到剧院上班,参加运动。

"头头"发话,岂敢怠慢。第二天一早,正好轮上去医院复诊,我骑上"老坦克"(指破旧的自行车),取了 28 帖中药来到剧院,进门 8 点 55 分,总算没迟到。到了小组,我脸戴口罩,面露微笑,向同事们点头致意。只见他们个个紧绷着脸,面孔上的"零件"没有一件活络的。这样,几分钟没人吭声。结果还是管理服装的 × 阿姨忍不住开口说:"吴双艺今天来了,你们好讲了! 平常闲话交关(很多),现在怎么都不讲了!"还是没人吭声。我见此情况,也闷声不响,但是心里非常清楚,大家也是无可奈何,拖拖辰光。整天斗私批修触灵魂,呒没闲话寻闲话讲,我有病在家不上班,当然会借题发挥在我身上,说长道短无所谓,总归这点老花样。

好不容易熬到休息,大家自由活动,我仍坐着不动。门外人声喧哗非常热闹,都在纷纷抢着要请宝像(买毛主席纪念章)。过了一会,小组召集人向我招招手,我立即起身走过去。他很友好地给了我一枚纪念章,并对我轻轻地耳语:"就给你,他(她)们没有的。"(指的是和我差不多也有点这样、那样"问题"的人。)此时,我很感激也很激动,边付钞票,边说谢谢。我接过纪念章,颤抖的双手,将宝像揣在口袋里。

此时此刻的我,心跳的速度突然加快,我得到的是多么珍贵的"区别对待"啊!

19. 难忘的干校生活

改造"臭老九"

奉贤文化系统五·七干校生活是我人生经历中的重要章节。干校的食堂、宿舍、医务室、办公室都是用竹竿在海滩边自建的竹屋,宿舍里的双层竹床,食堂旁边的小卖部、电话广播室都是竹子建造的,真可谓"竹天竹地"了。

清晨广播喇叭响,宿舍里一阵"叽叽喳喳",大家起床,竹床发出清脆的响声。漱洗后,到食堂排队买早饭,只听见前面一位老同志操着四川口音对窗口说:"两个馒头一碗稀饭,乳腐露。"我身边同志说:"这就是老作家巴金啊!"我眼看着老人家端了早点出食堂,心想要不是来干校怎么会同这位老人家一起排队买早点呢！

吃过早饭与同伴一起到隔壁小卖部，买东西的人真不少，只听见一个人说："好了，有一角一包的茶叶末子吃吃蛮好了，臭老九呀，你想吃什么？"大家有说有笑地买了就跑。我们也各买了一包茶叶末子，又买了一包八分钱的"生产牌"香烟。回到宿舍门口集合，拿起锄头、铁搭、铁铲、扁担、簸箕等劳动工具，整队下田劳动，肩扛农具有说有笑地走在田埂上。我们小组七、八个人，青年话剧团的沈光伟也跟我们一起，说说笑笑彼此有劲点。那天的农活是挑泥填沟。年轻力壮的自告奋勇

与严翔

抢过铁铲干重活——铲泥,有的拿起锄头——翻土,沈光伟说:"双艺,你轻松点,挑泥吧!"我过去一看:"喔唷姆妈!"扁担两头各有一只竹制的簸箕,年轻人正在往里面放泥,旁边的人说:"好了!就少点吧!"我心里嘀咕,"还少点呀,再多要压死我了。"此时我脸上还强作轻松地说:"对勿起,我左边肺部一只空洞,吃了四百帖煎药刚刚补好,你们这样让我挑,补好的空洞爆开,我要你们赔的!"我像说笑一样的一段话,大家倒尴尬地向我致歉意了。"对不起,我们忘记了,你这个空洞补好不容易,勿好爆开的。"沈光伟抢着挑起担子就跑,还说:"少点、少点,意思意思好了!"等我去接挑另一副担子,两头一看,往肩上一搭,站起来就跑,我嬉笑地说:"这下可好了,勿是挑土,我在挑'味之素'了!"此时大家都哄笑起来了!这样我挑了两担"味之素",再要去挑时,耳边响起了"休息了!"于是上厕所的上厕所,回宿舍的回宿舍,有的掏出"生产牌"过烟瘾,有的泡了杯茶叶末子啃冷馒头……各人"自得其乐"去了。

休息后再下田时,只见前面两个熟悉的身影,抬着一只水桶,随后两个熟悉的声音在争吵不休。我走近一看,唷!是越剧院的范瑞娟和傅全香,她们是管菜田浇水的。两个人抬一桶水,范瑞娟在前,傅全香在后,那么她们在吵什么呢?傅要将水桶往后面移,范说:"后面又重又难走,再往后移,你更吃勿消了!"傅说:"你本来身体就勿好,还来抬水,再往前移,你受勿了的!"就这样,一个要往前移,一个要往后移,争抢不休。我们看了百感交集,我内心涌上一股辛酸的苦涩,这么一对造诣深厚的艺术家,被这次的"史无前例"折磨得……我眼眶湿润了。突然广播喇叭响了,传来一阵亲切优美的浙江嵊州口音在呼喊着:"×××同志电话!"我们不约而同齐声说:"又是王文娟值班喊电话啦!"

阿奶看车技

我正在全神贯注地回忆干校生活的时候,儿子国庆问我在想什么?我提到奉贤五·七干校,他立即滔滔不绝叙述回顾往事,从而勾起了我对当年的回忆。

当年在干校劳动,我们每月回家休息四天。再返干校时,"校友"们都在文化系统车队集合。那次适逢国庆学校放假,要跟我同往干校,上车后沿着沪闵路,经过闵行来到西渡过江,再从南桥直放塘桥。到了干校下车时,几辆车中多了一群"小校友",我带了儿子国庆,"人艺"的严翔带来了女儿严晓频,王频带来了儿子野芒,还有严丽秋的儿子……

他们很快就成了好朋友。当时国庆十五虚岁,严晓频最小,才七八岁,很顽皮可爱,严翔不放心,他让国庆

带着她玩,还管着她每天早上喝牛奶……

有一天下午,我们宿舍旁的广场上搭起了临时舞台,原来是杂技团来慰问贫下中农演出。我们的这批"小校友"是当仁不让的老观众。和当地的贫下中农老奶奶、老爷爷、阿姨叔叔们一起坐在前面两排观看杂技表演。在音乐伴奏声中,演员登场表演:手技"掷盆子"、"掷酒瓶";顶技"顶球"、"顶酒杯";蹬技"蹬桌"、"蹬椅"、"蹬人";"钻圈"、"钻桶";"单杆顶人"、"跳板"、车技"独轮踢碗"……

由于很久没有演出,没有练功,在圆台上骑独轮车的演员,表演往头顶上踢碗,踢到第三只时失误了,旁边的助演拿给他再踢,仍是失误。演员心态失常,表演更是失误。等到第三次还是没踢准……台下的老阿奶心痛地喊着:"好了,乖囡!勿要踢了!阿奶晓得侬本事大个,侬踢得上去个,今朝风大,明朝再踢,噢!……"

我站在后排旁边看,正为演员的连连失误急得要出汗时,听到老奶奶的劝慰鼓励,胜似一股暖流涌入心头。就在此时,演员第四次踢中了,全场掌声四起。接着第四只碗、第五只碗接二连三,一只接一只顺利踢中,场子里里外外响起了雷鸣般的掌声,加上我们"小校友"的欢呼声"好!"经久不息……

时至今日,那位车技演员坚忍不拔的意志,那位老奶奶慈祥宽容的笑脸,至今仍历历在目,记忆犹新。

学 唱 样 板 戏

回忆我们的干校生活,可谓真正是丰富多彩啊!

再来说说我们在干校学唱样板戏的趣闻, 那就更精彩了。

我们同宿舍的 B 师傅, 是一位管理门房以及剧院清洁工作的老同志。他是苏北人,为人正直,工作认真,在学唱样板戏时,他也一丝不苟,认真负责。他学的是样板戏《红灯记》中李玉和的一段:"一路上,多保重,山高水……"

一天,午饭后,他搬只凳子坐在宿舍门口,见我饭后从食堂回宿舍,一把拖住我,要我听他学唱样板戏。他还专门为我摆了一只小凳子要我坐着听,我恭敬不如从命, 坐下了。他认真地润了一下嗓子开口就唱:"一……路……上,(咙格咚)——""不对,我怎么唱得像淮剧了!"我忍不住要笑了。他严肃地说:"不要笑,我唱不好是我的能力问题, 你一笑就成政治问题了。破坏样板戏可不是闹着玩的啊!" 我立即忍住不笑,说:"我不笑,B 师傅你再唱!"说着,他又认真地润了一下嗓子, 唱:"一路……""不准笑! 我重唱。""一路上,(咙格咚),多保重,(咙格里格),山高……水——"

"不对,我怎么又唱到扬州戏上了,该死,该死!"我看他头上汗都急出来了,我安慰他说:"B师傅不要急!""怎么能不急啊!明天下午要汇报演出的,参加不参加是个态度问题,我唱得这个样……可是个立场问题了。"我说:"B师傅,我建议你明天不能独唱,你可以参加小组唱,你跟着旁边的同志一起唱,就不会唱到扬州戏上去了。一方面你再跟他们练两遍,你看怎么样?"他听了,一边擦汗一边点头,"好!好!你这个办法好!准定参加小组唱。谢谢!"

过了一阵,干校在时兴大唱革命样板戏的时候,也专门搞了一个专场。我们"人艺"演出《红灯记》痛说家史一场。我团的主胡琴师顾根兴推荐我参加乐队打铙钹。(因为解放初大游行时我经常参加锣鼓队,凑合着敲大锣、打铙钹或敲铜鼓。)后来我又接到扮演剧中"假交通"。没想到就在我出场前,在幕内叫一声:"李师傅在家吗?"这一叫出事了!台下观众哄堂大笑,这一笑吓出了我一身冷汗,破坏革命样板戏是反革命,前些天报上才登过,这可是性命交关的大事啊!再说,大批判时就说,"让观众笑是滑稽戏的主要罪状,阶级斗争的观念都让笑没了。"这能不让人心惊肉跳吗!

后来,才知道那笑声是观众席中不少隔壁"星火农场"的小青年,他们都是我们的老观众,看见我们就要笑,他们看到我刚在台下打过铙钹,接着就上台演"假交通"，所以他们一听到我那"洋泾浜"的京白，就哄堂大笑了。当时我紧张得差一点台词全忘了。最后，总算结结巴巴地演出了这场戏。

突然来了位"有关方面负责人"板着面孔打着官腔问道："谁叫吴双艺？"我想这下糟了，但又不得不战战兢兢地回话："是我。"这位"负责人"瞥了我一眼说："吴双艺？叫这个名字什么意思？"我顿时被问得目瞪口呆，无言回答。"双艺？！就是你有艺术，猖狂！还双倍艺术，取这样的名字，你们心目中还有没有工农兵呀！嘿！你们将工农兵放在什么位置上呀？嗯！"被他这么上纲上线一拎，犹似惊弓之鸟的我，立刻头脑里轰轰作响，两眼发黑，金星直冒。"你说说看，这说明什么问题呀？"我被逼得哭笑不得，啼笑皆非，看来不回答是过不了关的了，此时我倒反冷静下来了。于是，我认真、谨慎地说："这是我的艺名，是想说明我是没有艺术的，既不擅长文艺，又不精通武艺，因为我姓吴，所以取名双艺，是吴双艺，即无双艺，就是一点艺术也没有的意思。"

被我这么一说，这位"有关方面负责人"忍不住笑出了声。当时，这一位是笑了，我面孔上也露出了尴尬的苦笑，其实我心里真想痛哭一场。

20. "撤职连长"

1970年盛夏酷暑的一天,传来上面下达的精神,文化系统的人员到工厂去"战高温"。接着名单公布了,有的去化工厂,有的去无线电厂,有的去医疗器材厂……就是没有我的名字。一批一批都要去报到了,我忍不住去找了军宣队代表询问,"这次的名单里有我吗?"军代表笑着说:"你另有任务。以后滑稽剧团没有了,全国各地都可能有来访者、有来外调的,准备让你去负责接待工作,接待来访者,作些解说工作,你在这方面还是比较了解情况的。你就安心等着吧!"

等啊,等啊!等了几天,有一天上午通知来了,准备收拾行李毕业离校,午饭后有车回剧院有任务。中午正当头顶烈日,我和另两位乐队的同仁一起坐有篷的卡车,身穿汗背心,还是满头大汗。车子到了徐家汇时,同车的有人下车,我熬不住也下了车,在食品店买了一瓶冰冻汽水,一口气喝完,才算降温解渴了。到了剧院报到

《甜酸苦辣》剧照

接受任务。随着时间的推移,形势的变化,有一天,我被安排在"话剧二团",跟随"二团"上班学习,召集人陈培德很热情。当时"二团"正在排练《边疆新苗》,姚明德主演,何双龙是舞台监督。起先我只是帮忙搬小道具,也能享受夜宵。后又让我演群众角色,一个民兵连长。虽然在剧中不过出场一次,念两句台词,但是我还是认认真真地排戏,字斟句酌地练台词。惟恐一个昔日的滑稽演员演丑了堂堂的民兵连长。这天,《边疆新苗》在长江剧场正式上演了,座无虚席。"主要英雄人物"和"英雄人物"相继出场,但丝毫没有引起观众的任何反响。出乎意料的是,当我扮演的民兵连长一出场,却引起了台下不小的骚动:"咦,是吴双艺吗?这个人过去是唱滑稽的。"更有几个大胆的呼道:"吴双艺演话剧,普通话也说不准,还是唱一段滑稽吧……"

台下观众的七嘴八舌,吓得我不知所措。第二天,我果然被领导撤销了这个"民兵连长"的职务,调至灯光台打追灯。当时我在舞台的左侧打追灯,周量谅在舞台的右侧打追灯。记得有一天演毕谢幕后,姚明德脱下戏装全身是汗,看见我和周量谅从左右两侧走下灯光台,他满腹委屈地说:"算啥名堂?演主角的(工资)四十一元五角,打追灯的都是一百多元……"我站在他旁边,尴尬地劝慰他说:"是不合理的,都是文艺黑线搞的嘛!"这样边说边走,也算大家有个"落场势"(下台阶的意思)。

21. 上海相声

　　1971年底，"人艺"党支部召开学习"人民日报"短评的座谈会，支持我们搞曲艺革命。我和胡廷源是参加座谈会的，当夜我们就通知童双春、王辉荃、龚伯康、林燕玉、胡健德。既向大家传达这个好消息，又让大家作

与王辉荃表现"上海相声"

思想准备,讨论方案。

过了1972年元旦,剧院由何季良负责主持会议,让我们讨论工作计划,成文上报待批。当时领导的意见是"战高温"的不回来,让我们在座的,自力更生先搞起来。

一天,甄恒祥代表剧院领导,通知我和胡廷源同往"群众文艺小组"报到工作。我们的工作地点,在长乐路原周信芳住宅的东面小楼,我们每天骑着各自的"老坦克",观看各区、县、局的文艺小分队的演出。演出有独唱、对唱、小组唱、表演唱、歌舞、小戏,可谓形式多样,品种繁多,丰富多彩,琳琅满目。但惟独缺少的就是沪语的曲艺。我们的任务是朝朝夕夕东奔西走,南征北战,发现基础好的节目,全力辅导加工提高。那时,我们听到上海口音的演出,心花怒放如获至宝。

正是"天从人愿"。我们终于发现了上海话演出的曲艺节目:物资局王连源、王学义演出的《移山》,城建局姚鸿福、孙明演出的《找水》,以及煤气公司的表演唱《抄表新风》……在协助整理加工的过程中,我学到了很多在剧团里学不到的东西。

在汉口路城建局的办公大楼里,我和胡廷源、姚鸿福、孙明(姚、孙两位都是市文化宫50年代的业余老演员),在再度创作中,很容易找到共同语言。所以,尽管日以继夜,挑灯夜战,但合作愉快,硕果累累,终于被选拔参加了市群众文艺演出。经有关方面决定,胡廷源与孙明搭档演出, 姚鸿福与吴双艺搭档为第二组也可演出。这可是我在"文革"期间,第一次在大庭广众前公开上台演出。以后还应邀赴各工厂、企业、机关表演,又参加了市文化宫组织的节假慰问活动。老姚多次要我任"上手",我坚决任"下手",小心翼翼地侧着身体烘托好老姚的表演, 千万别让有的人指责我是混进工人队伍的"臭老九"。

我兢兢业业地表演,获得观众的认可和欢迎。春节前,我们四人受到歌剧院的邀请,参加由市水产局组织的歌剧院综合演出队,到浙江舟山、沈家门为渔民作慰问演出。当时演出队阵容很强大,有笛王陆春龄、唢呐演奏家任桐祥、歌唱家有陈景熹、都本真,舞蹈有影星魏鹤龄的千金魏芙等。我们的《找水》由表演老练的姚鸿福演上手,我演下手。既不敢报"独脚戏",更不敢称"滑稽",只能装模作样地叫做"上海相声"。演出效果极好,笑声从剧场延伸到后台化妆间。渔民观众从来未看过这样的演出, 听人介绍说:"这两位演员中,一位是专业的滑稽演员,一位是业余的相声演员,你能认出哪位是业余,哪位是专业的吗?"那位渔民观众非常自信地望望我和老姚,坚定地指着姚鸿福说:"伊嚎头介好,油腔滑调,肯定是专业的。"

指着我却说:"你们看!伊闲话也勿大讲,嗒!还怕难为情,面孔倒有点红了。业余的、业余的,对吗?"在场的演员都笑得前俯后仰,几个小姑娘都笑得眼泪水淌淌滴。事后,都对我说:"老吴!真有你的!"从此,在歌剧院,我这个"老吴"可出了名了,其实当时我才四十六岁。

那么我是不是故弄玄虚、装疯卖傻呢?不是,我是很认真的,我决心要脱胎换骨,从头学起。年轻人叫我"老吴",是看得起我、尊重我,我岂能倚老卖老,自不量力呢?要向别人学,首先应该是能者为师、不耻下问,要身体力行,决不能夸夸其谈。前提是要尊重对方,文明礼貌。

我们四个人合作得非常愉快,演出上也很成功。返沪后,我们再接再厉,又创作了反映安全行车的《人人有责》。姚、孙两位都是安全行车的优秀司机,我和胡廷源向他们学习了很多专业知识。演出后,得到了观众的赞扬好评。

我和胡廷源到了群文组,真可以说是"上蹿下跳",从台下组稿到台上表演,总算找到了一线希望,精神得到了一些安慰。

一天,市文化局让我们到评弹团找郑琪商量上海地区曲艺情况调查。后来,由郑琪负责,吴双艺、王正浩一起往南汇、金山、松江等地调查。结果是只找到一个,南汇的"锣鼓书"。

后来,为了听取意见,组织了一台曲艺演出。有"锣鼓书"、"单弦"、黄永生的"上海说唱"、胡廷源和孙明的"上海相声"等节目。在"新光"、"五星"剧场作了六场演出。我负责了组织票务工作。

原来准备组织"上海曲艺团"事,因条件不成熟,暂时作罢。

我准备回"人艺",郑琪不同意,说会被局党委责怪的。最后,同意我与业余作者搞曲艺创作活动。

其实,搞不搞"曲艺团",我根本不在乎,真正念念不忘的是"滑稽"的存亡矣。可见有的人咒我为"滑稽"的"孝子贤孙",确也不无道理。

22. "一对宝货"

接触了群众文艺,的确使我开阔了视野,拓宽了思路。一天,我和王辉荃在他家里谈创作,来了江荣鑫、王南山,他俩都是在江南造船厂工作的。谈到他们有一个反映造船工业的节目,叫"大战大干一百天",已演出过,希望能够再作加工,提高作品的品位。由于彼此一见如故,谈话均能推心置腹,所以大家很快获得了共识,决定将原稿推翻,在原有素材基础上,反复研究,重新构思,采用第一人称、第三人称,跳进跳出等艺术手段,将自力更生制造巨轮的故事,用生动的语言,妙趣横生的情节,让观众在轻松的欢笑声中领略作品的含意。最后《进军号》作为上海群众文艺的代表作,参加赴京汇演,获得赞赏。

在创作《进军号》时,为了能亲临现场,学习感受船台上的劳动氛围,厂部有关领导为我们四个人安排了一间很大的房间。房内有四张床铺、两张写字台,还备有收音机、录音机。出门拐弯就是食堂、浴室,生活照顾得可谓面面俱到,晚上十点熄灯,早上六点起身。

那天晚上十点刚熄灯,不到两分钟,只听见我左边床上已经鼾声如雷。我轻轻地说:"辉荃,哪能(怎么),瞇着啦?""呒没,啥人瞇着啦?"辉荃反问我。我见他要赖,就追问:"刚刚啥人打'昏度'(打鼾)?"他笑了:"嘻嘻!我试试你们瞇着了吗!"此时,房里四个人都开怀大笑。过了几分钟,静悄悄的房间里,鼾声此起彼伏,"呼——!","嘘——!"一呼一吸交叉出声,配合默契。仔细一听,一个是王辉荃,一个是江荣鑫,再看看王南山,好家伙,他在响亮的鼾声伴奏中,照样睡着了。我自愧不如,只得手捂双耳慢慢入睡……

正在酣睡之际,耳边响起了"老师兄"的呼喊声。我睁眼一看,窗外已是旭日东升,床边站着辉荃,与我耳语:"侬听'大块头'打呼结棍(厉害)吗!"我一听明白了,他在揭发江荣鑫打呼噜。的确,"大块头"江荣鑫的鼾声不亚于马达开动的声响。他接着说:"等一歇伊肯定要赖脱,讲呒没打过。""啥人赖?"说话的是刚才鼾声如雷的江荣鑫。奇怪,他没有瞇着?辉荃笑着说:"听见吗?当场就赖了。老师兄,我讲伊打昏度,有证据格。""证据拿出来!""好!"说罢,辉荃打开录音机,揿了倒转的电钮。好家伙,用录音为证。江荣鑫也不甘示弱,看了将要停下来的录音机,再度揿电钮。辉荃抢过录音机,

关了倒转的按钮,放出了录下的声音……果然有节奏的鼾声连续不断。江得意地说:"听听看!啥人格'昏度'?"辉荃一听傻了,"哪能是我?……"江得意地摇头晃脑,突然,没声音了。辉荃在旁边看了看录音机,乐了。只听见"昏度"声又响了,比前面的更猛,像轮船机舱的马达开动了。辉荃对着江荣鑫吼了:"听听看!啥人格'昏度'?"这下我全明白了,原来他们俩都是打"昏度"的强手,同时都想栽赃对方,又同时暗暗做手脚,录下对方的"昏度"声,作为揭发对方的凭证。此时,佯作"法官"的我,正式宣判:"甲乙双方,图谋不轨,企图陷害对方。现凭录音为证,足以大白真相。可称一对宝货,彼此半斤八两。现判如下:今晨四人早点,全由他俩,请客付账。哈哈哈哈!"

23. 我与王辉荃

在 杂 技 团

当时,我们常说,"流浪者"也有他的优势。此话听起来好似荒唐,其实不然。因为那时候我们所在的"滑稽剧团",早已名存实亡,我们很自然地成了"无家可归"的"流浪者",沪语称为"马浪荡"(东游西荡,没有正业的人)。那么他的优势何在呢?就因为人家知道我们"无家可归",于是,有事就来找我们了。这不就是"流浪者"的优势吗?

1973年10月初, 我接到通知到市文化局报到,让我和王辉荃作好出门的准备, 随人民杂技团赴山东莱芜一带慰问演出。

10月12日由沪出发,在火车上与朱文忠、周良铁

等交谈之后,很快成了朋友。除了老陶、老郭两位领导,基本上都是小青年,好在王辉荃与他们年龄相仿,共同语言更多了。朱文忠演"古彩戏法",也演"口技"。我谈起童年在大世界,观看中央厅的杂技"潘家班",共和厅看邓文庆的魔术,还有口技孙泰,"潘家班"的晚辈也在团里……越谈越近,越说越亲。

　　首场演出,我们最担心的就是语言,就怕在山东莱芜矿区演出,观众万一听不懂怎么办?于是我与小王商量,决定以不大普通的"上海普通话"为主,关键是让观

在大屯矿区食堂演出

众听懂。结果,我们的表演,赢得台下观众的笑声、掌声,这是对我们表演最高的评分,最好的认可。

第二天上午,矿区领导陪同我们下矿井参观。这是我首次感受到矿工的辛勤劳动和他们为国家开发资源所作出的神圣贡献。到了晚上,我们踏上专门为这次演出新搭建的广场舞台做第二场表演。听说今天观众比昨天还要多,有一万五、六千人,我们怀着极为崇敬和激动的心情,表演了《向同志们学习》。台下观众反响强烈,笑声、掌声,此起彼伏,经久不息。

在矿区

在矿区演出

　　结束了莱芜张家洼工程演出，当地领导组织我们集体游览泰山景区，真是气势磅礴，美不胜收。隔天，我们分班到主井劳动，我与小王表演了《劳动号子》；接着到食堂，我们表演了《节约一粒米》。由于我们的节目贴近生活，故引起了观众的共鸣，受到他们热烈的欢迎。

　　22日清晨7时40分乘上专车，离开张家洼，直放徐州大屯。一路上从山东出发，进入江苏徐州，土地颜色都有明显的不同，我们领略了祖国的锦绣河山。下午

左一为朱文忠，左二为王辉荃

游览黄山

5时40分到达大屯。

翌日上午，听了大屯工程指挥部的情况介绍，接着采访了当地电厂。遇到的上海"老乡"比莱芜的更多。特别是电厂，在接待室里，工人师傅们认出了我，纷纷叫道："吴老师！吴老师！"我忙着连连招手致意。通过交谈才知道，原来部分工人、技术人员都是上海闸北发电厂支援来的。他们亲切地招呼我，使我顿时想起过去为他们辅导曲艺说唱的情景。转眼十余年，如今又相见，真是"他乡遇故知，久旱逢甘霖"啊。

回到宿舍，我与小王边整理所听到的材料，边进行

与杂技演员一起谢幕

创作构思。当晚在广场演出了我们即兴创作的《大屯处处有先进》。一万多观众冒着细雨观看演出，台上台下，群情激昂，笑声不歇，掌声不断，盛况空前。

演出让我们受到极大的鼓舞，由此即编即演的信心更足了。接着《离不了"铁"》、《少不了"煤"》等节目纷纷出台。反正到什么地方，就创作演出当地的先进事迹。

11月初，乘专车离开大屯，中途瞻仰了"淮海战役烈士纪念塔"。再从徐州车站，乘上专列卧车，直达南京站，再由专车接到梅山"9424"招待所。

我们积累了前面的经验，深知了解情况、掌握素材的重要性。不料我刚到梅山就病了，随团任医生（是"文艺医院"的)了解我的体质,是劳累加上季节性的慢性支气管炎,在老陶等领导的关心下,作出了"服药、卧床休息"的决定。我在宿舍躺了一天,小王四处打听矿区情况。第二天,上午杂技演员基训。我和小王赶到政宣组,查阅9424工程的有关材料。下午到矿上参观听介绍,并深入到井下240米左右的风井,从东南井到西南井,足足走了一个小时。还参观了"炼铁厂"、"烧结厂"、"炼焦厂"、"发电厂"、"码头"……这些为我们创作打下了坚实的基础。

我们做了充分准备,晚上首场演出新作《沸腾的梅山》。台下观众两万多,望出去真是人山人海,演出中观众不断叫好。谢幕时,工程副指挥鼓励我们说:"相声说得好!"果真是我们说得好吗?事后扪心自问,我们虽作出了一定的努力,但关键是作品的取材富有强大的生命力。我们的作品以及表演,仅是梅山全貌的一鳞半爪,就我们的一孔之见,却受到群众的如此欢迎,此情此景,对我们的教育和鼓舞,是毕生难忘的。

数场演出结束后,在组织游览的过程中,我和小王专程拜访了江苏省曲艺团,受到了扬州评话名家王丽堂的热情接待。在参观"长江大桥"时,与小王照了相。观看了"雨花台烈士事迹展览",我们献了花圈。

离开梅山到新桥矿。其实就是从江苏省转到安徽省。由于沿途劳累,到了新桥工程指挥部,第二天一早

巡回演出途中

就跑医院就诊。进了医院又是一阵惊喜,原来该院就是原上海惠利医院,医务人员大多是我们的老观众。话匣子一打开,就是没完没了。我们听了新桥矿的情况介绍,连夜创作。首场演出,就是"开夜车"赶出来的《新桥新面孔》。它不仅受到当地观众的欢迎,就连杂技团的同仁,也站在舞台两侧争相观看。我们发现每到一个新地方,新创作一个节目,他们都是每演必看,乐此不疲。

从新桥矿开始,接着到贵池的"八五钢厂"、"永红机械厂"、"长江医院"、"五洲机械厂"、"火炬机械厂"、"胜利机械厂"、"前进机械厂"、"三二五电厂"、"黄山茶林场",基本上是每天换一个地方,都是清早起身,乘专用客车环山绕林到新的单位。听介绍,吃午饭,睡午觉

(包括休息、排练、准备、创作节目)。晚饭后,演出。

在安徽跑了十个单位,花了 20 天(这些单位当时统称"后方基地小三线")。最后我们又参观了茶林场,住进了黄山宾馆,又组织我们游览了黄山风景区。爬黄山有多累、多艰辛,各人各见解,众说纷纭。我是比较年长体弱的一员,王辉荃和朱文忠都是年轻体胖的,最后我们三人凑成一个小组。爬多高,走多快,均由我们自己把握。步行爬山,的确很累,一层一层上石阶,左右很窄,石阶很高。好在我们三人,有说有笑,倒也有趣。当年我虚龄 46,他们是 30 上下,比我爬得快,上得高处回头招呼我:"慢一点!我们等你……哎呀,回头看这景致多美啊!"尤其走近"迎客松"那一段,那景色的优美,只有身临其境才能体会,否则无法领略其无边风月的。

又走了一阵,直到觉得自己的腿快提不起来了,终于异口同声地说:"我们歇一会吧!"歇了一会,真巧,遇到一位同行者,请他为我们拍了张照片,为我们攀登黄山,留下了宝贵的纪念。

这次随人民杂技团,一路经过山东、江苏、安徽三个省,足足走了两个月,我们这对"流浪者"可算是交运了。

回沪后,我们将情况先后分别向"人艺"、"评弹团"作了汇报,两个单位领导听了后,高兴地都提出同样的一句话:"春节能回来参加演出吗?"真是"流浪者"吃香

了。我们正为此事左右为难时，传来了最新消息，要我们参加市里组织的慰问团。结果仍是到"人民杂技团"报到，第二天审查节目，第三天集合，随"春节拥军慰问团"浩浩荡荡进入上海警备区慰问演出……

慰问团里熟人很多，曲艺除了我们还有评弹团的杨振言、孙淑英。由于我们演出轻便，我们到"大洋山"、"小洋山"岛上慰问时，哪怕是海边岗哨上一位或两位战士放哨站岗，我们也要去慰问。我们为了让各地来的战士，都能听得懂，就拿出看家的"王牌"——上海普通话——受到解放军战士的热烈欢迎。

最后一天，清早六点，部队首长陪同我们到打靶场，参加打靶。打靶归来时，慰问团领导说："老吴、老王你们辛苦了！早场演出你们就不要参加了，你们好好休息半天。"于是我们回到宿舍，卸下外衣，笃定躺下休息。我们觉得很开心，因为今天早场是告别演出，在岛上的几天慰问，能演的全演过了，我们正在为今天早场演什么节目担心呢，这一放假，我们真是全身心地轻松了。好了，等着吃午餐吧。一看手表已经十点半了，再等一个小时差不多了。谁知我这么思想上一放松，忘乎所以又出事了。舞台监督是杂技团的小周，急匆匆地奔到我们宿舍，边喘气边叫喊："两位老师快作准备，部队首长说，你们两位不能休息，你们上最后一档。"我和小王一听愣住了。小周又说："慰问团团长讲了，要你们准备没演过的新节目,快点啊!"说着他大步流星地跑了。

我们顿时目瞪口呆,无可奈何。愣了几分钟,还是小王先开口:"老师兄,侬看哪能(怎样)?"我无奈地说:"呒啥哪能,演啊!"他紧追不放:"演啥呢?""借尸还魂嘛!"他紧张地说:"侬勿要吓人噢!"我接着说:"就是旧瓶装新酒。"于是我说出了方案,两个人花了二十分钟左右的时间,穿上演出服直奔演出大厅。等了一会,轮到我们表演了。

我们台上一站,就说今天要向亲人告别了,每人做一首诗。先说环境,要四角长方;再说行动,要来来往往;再说声音,叮叮当当;最后点题,说出你的意思。

乙:你先说个样子。

甲:好。我说,慰问解放军,亲人多热情,招待我们的饭厅,四角长方。

乙:说说行动。

甲:亲人送酒端菜,鸡鸭鱼肉,来来往往。

乙:那声音呢?

甲:敬酒敬菜,酒杯调羹,叮叮当当。

乙:点题。

甲:军民鱼水情,情比海洋深。(观众鼓掌)

轮到你说了。

乙:好。刚才首长陪我们去打靶。

打靶场地,四角长方。

甲：好。行动呢？

乙：打靶的战士，报靶的同志，来来往往。

甲：声音呢？

乙：来了。开枪打靶，乒乒乓乓。

甲：点题。

乙：战士加强锻炼，保卫祖国海防。

　　听你的。

甲：慰问演出的舞台，四角长方。

　　节目一档一档，上上下下，来来往往。

　　敲锣打鼓，顷顷哐哐。

　　今春慰问到洋山岛，明春再来好不好？

　　（全场观众齐声叫"好！"）

在 歌 剧 院

　　我与小王经历了去"小三线"厂矿、下部队慰问等演出实践后，在创作、表演的艺术观念上，都有了一定程度的相通和默契。尤其是我们的演出能获得众多观众的认可和欢迎，这给我们精神上极大的鼓舞，让我们备感欣慰。尽管如此，但是，每当我独自静思时，"滑稽的孝子贤孙"、"无家可归的流浪者"的阴影依然重重笼罩心绪，无法解脱……反过来，再想想现在干的虽然像

"临时工"，但毕竟没有离开原来的专业……这也算是自我安慰吧！

想着想着，"临时工"的任务倒又来了。

1974 年 6 月，上海歌剧院组建一支"乌兰牧骑"式的轻骑队，专下基层单位演出。队里配备的节目有声乐、器乐、歌舞、曲艺。市文化局安排我和小王参加轻骑队，表演曲艺节目。我们的节目，既不敢称"滑稽"，又不能叫"独脚戏"，报节目时只能说："下面一个节目，由吴双艺、王辉荃表演上海相声《处处有雷锋》。"在表演起角色时照样运用方言，该"噱"之处，"噱头"照放不误。得益之处，可以学习其他节目的表演，取其之长，为我所用。说实话，到轻骑队，确实是获得了博采众长的学习良机。

例如，轻骑队里，就歌唱方面，有男高音、女高音、男中音、男女声两重唱等声乐表演。在滑稽剧团的 20 多年，这些场面我是见所未见，闻所未闻。

这段时间我有幸结识了很多不同年龄层次的朋友。如许成志就是一位很有才能的男中音歌唱演员。我们相识不久，就一见如故叙谈频繁。

有一次，我们到青浦各乡镇慰问演出，约有 10 天左右。他每场演出前，总是一个人默默地找个幽静的角落里喊嗓子、做准备。上场前经常要我在舞台一侧听他唱，下场后他就拖住我问："老吴，你听听还行吗？我觉

得今天嗓子不好。你跟我说说!"我被他问得脸都红了,
尽管他是青年演员,可我是个连简谱1234567都搞不准
的外行,怎么说呢?但是我被他那诚恳的态度感动了,
我紧握住他的手说:"唱得不错,你听下面观众的掌声,
就是对你最好的评分。"接着我说:"下面该是我和小王
(辉荃)的节目了,我们晚上再谈好吗?"这样,他总算点
头满意了。那么我是在敷衍他吗?不,他如此谦虚谨慎
认真负责,我岂能敷衍了事,口是心非呢!等到演出结
束,吃夜宵时,他主动坐在我旁边。我诚恳地说:"我听听
你唱得很不错,但是我是连简谱都念不准的外行,说不
出你们专业的意见。但是我也是一个演员,可以谈一些
属于共性的看法。我认为你在演唱时心态不够放松,过
分紧张了一些。拿我们的表演来说,很讲究松弛,即是
有些紧张的因素,也尽量做到内紧外松,让观众看不出。
否则观众看到你在台上这么紧张,他怎么还笑得出来
呢,对吗?"说着说着,他被我说得笑出来了。从表面上
看,好像我在教他,其实,他在教我。他那种对艺术严肃
认真、谦虚好学的精神,我至今仍然念念不忘,记忆犹
新。

24. 他就靠"吹"

　　一个人的事业成功,一般都靠自己勤劳勇敢,苦干实干。但是也有人就是靠他不屈不挠、日以继夜的"吹",他的事业终于在他坚忍不拔的精神支持下"吹"成功了。各位千万不要认为我在"演滑稽"、"放噱头"、"说笑话",我真的是在绝对严肃地向各位实话实说。

　　我说的这位,是我非常尊敬的老朋友、老同事、好老师。他就是走遍东南亚、闻名全中国的笛王陆春龄同志。你们说,他的名望是不是"吹"出来的呢? 他的事业离得开"吹"吗? 我当面也这样对他说:"陆老师,你的一切都是靠你'吹'出来的。"但是必须说清楚,"吹"笛子,"吹"成闻名大江南北的笛王,是很不容易的,是屈指可数的。

　　我第一次听到陆春龄这个名字, 那是解放初期。"姚周"两位老师创建"蜜蜂滑稽剧团"时,我曾听周柏春老师说起,陆春龄将加盟我们剧团的乐队。我就见过他一面。过了不久,听说他不来了,被"人民杂技团"请

与陆春龄等

去了。又过了不久,他又被"民族乐团"请去了……接着听到他的情况更多了:他入党了,评上劳模了,出国演出了……可谓捷报频传,不一而足。他"吹"成功啦!

我和陆春龄老师在轻骑队合作将近两年。记得那时小儿国庆在师范学校读音乐专业,除了学钢琴、手风琴,还要选修民乐。既然认识了"笛王",自然"近水楼台先得月",上门拜师啰。听国庆说,陆老师在正式授课前,总要跟他说很多自己的经历。每当说到解放后,在各种外事活动中,他给外国朋友表演笛子独奏和远涉重洋把中国的民族艺术带到五大洲、三大洋时,陆老师总是声音高亢，扬眉吐气的。特别是说到给毛主席、周总理等中央首长演奏时，他总要摘下挂在墙上的一幅照片，这是一幅毛主席接见陆春龄并和他亲切握手的十六寸黑白照片。陆春龄说，每当他想起此情此景，便会激动万分，信心倍增，笛子越吹越有劲。

虽然后来国庆学吹笛子没能成才，但我和陆春龄老师却从老同事变成了老朋友。

我们同事虽久，但就近几年遇到他或与他同台演出时，发现说他离不开"吹"，好似欠妥。老观众一定也会发现，陆春龄演出笛子独奏，尽管他调换多支笛子，演奏他美妙神奇的拿手曲子，但他压轴最精彩的节目，却是他的浦东说书："只吹勿唱心勿爽。" 可见这位大名鼎鼎的笛王，到了耄耋之年，仍旧是"只吹勿唱心勿爽"。

在歌剧院轻骑队的两年中，队员彼此之间是很有感情的。从剧院领导戴安在 1974 年 5 月要我们去救场到剧院党支书沈刻丁邀我们到崇明慰问演出，到轻骑队领导秦德胜、庄得存和我们面谈"长期合作"问题，都是非常真诚的。

唯独在后期，有一次戴安找我谈话，意思是要我们留在歌剧院，搞小演唱、小歌剧的编导工作。我未加思索即婉言谢绝了，并说明我的终生专业是"滑稽艺术"。如今后"滑稽艺术"被废了，我宁愿在街上卖茶，回家吃泡饭。我真的是滑稽的孝子贤孙啊！

25. "裹单被"

　　1976年夏，我们参加了北京的全国曲艺汇演。我们住在"西苑"，我与王辉荃同住客房一室。即将返沪前，有天夜里我正酣睡，突然耳边响起了隆隆巨声，犹如睡在巨轮机舱间隔壁。我立即叫醒小王，此时门外走动的人声，接连不断。我们边穿衣，边开门，只听见有人叫喊："快下楼，地震了！"于是我们立即关门下楼，此时三号楼门口，早已人群攒聚，都说唐山地震了。我们急忙上楼取物，拿钥匙开门，

在北京
左一为黄永生，右一为王辉荃

与王辉荃在商量剧本

在北京火车站 左起：王辉荃、吴双艺、毛彩庭

颤抖的手对了好久,好不容易对准了锁眼,开动了,可房门仍推不开。原来大楼受了震动,门框倾斜,门紧了。等推开了门,取了行李,我与小王随即下楼。随后,只见有一位女同志从楼上急匆匆地下来。原来她是蒙着头睡的,等听到说地震,慌急慌忙地连衣服都来不及穿,披了被单急忙下楼。此时此刻,不知是谁,竟还在说笑:"看!'果丹皮'来了!"

突然,有人传话说:"同志们! 大家别慌,是唐山地震……"

此时,已有人上楼,帮女同志取了衣服、行李。同时,通知我们分别上各自的巨型客车待命,此时,我与小王在客车上才回过神来。原来刚才说"果丹皮"的小青年,确是一句俏皮话。我们在即将离开北京时,都纷纷上街选购些北京的土特产。北京食品店的"果丹皮"是很有名的。(即用山楂加工制成薄片,卷成长型,犹如雪茄形状的蜜饯食品,称为"果丹皮"。)刚才,我们看到那女同志裹着单被逃下楼来,那不是"裹单被"吗?

"裹单被"(沪语)与"果丹皮",正好是音同字不同,确实是一句谐音的俏皮话。

第三章

大地回春

26. 重建剧团

大地回春,对经历过严冬的人来说,感受尤深。

粉碎"四人帮"消息传来,举国上下一片欢腾,莺歌燕舞、万象更新。文艺界迎来了第二个春天,我们获得了第二次艺术生命。

1977 年纪念毛主席《在延安文艺座谈会上的讲话》发表 35 周年。我参加了这次文艺座谈会第十七组(曲艺)。在组内吴宗锡、刘韵若、劳为民、彭本乐(评弹团)以及李茂新、黄永生等同志支持下,由我和胡廷源、周艺凯 (我们是参加这次会议仅有的三个滑稽界从业人员)起草写了反映滑稽界情况的报告,面呈当时市领导陈锦华同志, 要求恢复组团。(会议 5 月 23 日至 28 日)。

6 月 30 日上午,由市文化局组织,在"五星剧场"演出了一台曲艺节目:上海相声《一枕黄粱》、《处处有雷锋》,相声《接小林》、《柜台》,独幕滑稽戏《关不住的一

在南京路街头欢呼粉碎"四人帮"
左起:黄永生、吴双艺、沈明浩、龚伯康、周柏春

与姚慕双、周柏春

股劲》。

当天下午,在市文化局会议室召开"有关喜剧问题讨论会"。李介鉴同志主持会议,提出了五个问题:(1)群众来了长篇来信,要求有这方面的作品……看看怎么搞?(2)过去的滑稽戏问题不少,据了解后期有些还是较建康的……(5)有些涉及到办团的问题,也可建议一下。

7月1日上午继续讨论。李涵同志主持:(1)有关喜剧矛盾冲突如何组织表现。(2)喜剧包括滑稽该怎么

搞？都可提出建议，我们可以向市委汇报。大家可以畅开思想来谈。

在讨论演出节目的同时，谈到恢复滑稽剧团时有两种不同的看法：有人认为滑稽仅是从属喜剧的一个支流表现形式；又有人说滑稽戏早已是被群众公认的独立剧种。并认为众所周知，喜剧是戏剧的一种体裁，并不是一个剧种。话剧、电影、戏曲的剧目中都有喜剧，而且还都有自己不同的表现手法，因此喜剧是替代不了滑稽戏的。我当然是持后一种意见的。因为滑稽戏是一个具有中华民族个性特色，又含有强大艺术生命力，又有深厚群众基础的新兴剧种……此时，老艺术家李天济拉拉我的衣角，操着他那特有的苏北普通话亲昵地对我说："老弟，不要争，拿出好戏来是最大的说服力。"短短一句话，字字重千斤。巨大的支持力量令我终生难忘。

会后不久，我跟随"上海人民评弹团曲艺队"带了一台新创作的节目，往江苏巡回演出。从常州经过无锡、常熟，再到苏州。在苏州时，已有消息说市委批准我们重建剧团，整个曲艺队顿时沸腾了。苏州的同行高兴地告诉我们，苏州的领导说了，只要等上海剧团成立，苏州马上就筹建组团。当时我们人在苏州开明大戏院，心早就飞回上海了。晚上，宿舍里说笑声替代了平时的"昏度"(即打呼)声，直到凌晨。

27. 盛况空前

　　滑稽戏是上海土生土长的海派艺术之一。上海广大市民阔别十余年的滑稽戏,即将重新恢复演出。消息传开人心大快,亲朋好友奔走相告。久别重逢,情有独钟。

　　经市领导批准,我们重建上海曲艺剧团。全体成员兴高采烈地在汾阳路临时团部, 日以继夜,听录音对台词,积极复排《满园春色》。尤为令人惊喜的是,有两位消息灵通的老观众,居然光临我们的排练场,问寒问暖,关怀备至。在场的人无不为之深受感动,并代为办理两张戏票,请他们如期光临观看演出。

《满园春色》剧照
饰 8 号服务员

　　1978 年 1 月 25 日, 虹口区解放剧场门口广告栏,

张贴了上海曲艺剧团隆重公演大型滑稽戏《满园春色》的海报，顿时轰动了。剧场门前，门庭若市，人声鼎沸。售票窗口排队成龙，南往昆山路，北到海宁路，队分两路，犹似"二龙戏珠"。整个乍浦路人山人海，热闹非凡。人们一边排队，一边攀谈……

甲："老张，听说原班人马全部出动。"

乙："这个当然！十几年前我看过两遍，姚慕双噱头嗲（美，好）：'亲爱的同志们！伟大！伟大。'"

《满园春色》剧照

《满园春色》剧照
左起：吴双艺、周柏春、童双春、姚慕双、严顺开、颜晴文、翁双杰

甲："吴双艺一口无锡闲话也蛮嗲，'藕勿吃格。'"
（藕即我的意思。）

乙："我听说这次姚慕双苦头吃得蛮结棍（厉害）。"

甲："啥人讲？周柏春苦头吃得顶结棍！"

乙："喂！前头戴眼镜格勿要插进来！排队呀！"……

等到戏开场，剧场门口仍旧交关闹猛（很热闹的意思）。有的等退票，有的等亲友，"黄牛"卖高价，票价翻跟头。听说有个来沪探亲的，居然拿一双荷兰式皮鞋，调两张《满园春色》票子。

经历了十八年时间考验的《满园春色》竟然依旧连演不衰,场场爆满,仅解放剧场就连演100多场。当时导演李尚奎,每场都在台下看戏,观察观众情绪,统计笑料情况。他说,全剧大笑319次,小零小碎,不在其内。每到噱头高峰,场内笑声轰动,竟然传到剧场门外的群众耳中。

当时正值严冬腊月,朔风劲吹,观众隔夜排队,看戏热情高涨。有的身披棉大衣,有的毯子盖身上。吃点心、增热量,汤团馄饨都卖光。深夜寒气袭人,有人寻来水果摊空的箩筐,引火取暖,燃起火光;争相烤火,火焰更旺……周围居民引起恐慌,最后惊动了民警消防,纷纷赶到现场,总算是虚惊一场。

过了不久,电视台要现场转播了。这天,各里弄的"向阳院",下午就在弄堂里准备好了电视机,居民们两三点钟就放好了凳子、椅子,准备晚饭后看戏。(当时,自己家里有电视机的,就准备早点吃晚饭。有的通知亲友来家里看滑稽戏)。

第二天,街头巷尾,谈论《满园春色》的人就更多了。下午,我带了国庆到附近浴室汰浴(洗澡)。服务员见我就说:"昨日你们戏是好看的,阿拉(沪语,即我们)生意全给你们抢光了,洗澡的人也没得了。"旁边一位顾客也跟着说:"是啊!昨日夜里阿拉公交公司生意也少做交关(很多),全去看电视转播《满园春色》了。"跟着大家都说，滑稽戏长远没看了。不知是谁带的头，学着戏中的四号服务员的台词："亲爱的同志们！伟大！伟大！"接着大家都笑起来了！笑声未落，一群人齐声高呼："亲爱的同志们！伟大！伟大！哈哈……"

　　这次电视转播是名副其实的盛况空前啊！

28. 迎春的"贺礼"

　　熬过霜冻雪飘的寒冬,迎来阳光明媚的暖春。我这个"孝子贤孙"东奔西跑,废寝忘食,终于从梦想盼来了现实。那我又以什么来庆贺这滑稽的第二个春天呢?

　　1979 年, 我和翁双杰运用了一种荒唐绝伦的滑稽形式,创作演出了独脚戏《啼笑皆非》,从一个侧面揭露了极左路线一伙的政治阴谋。表演得十分有趣,使观众笑声不绝,受到热烈欢迎。这个节目在上海市曲艺汇演中,荣获了创作表演一等奖。

　　作品选了"史无前例"年代里拍照的一个小故事。有一节是"不准说'老'字"的荒唐场面。一对老夫妻去拍照……

　　甲:(饰工作人员)"侬好准备拍照了!"

　　乙:(饰老头子)"噢! 老太婆,轮到拍照了!"

　　甲:"喂! 上级有指示,不许说'老'字,否则隔离审查。"

乙："噢！老太……(悟)勿好讲个。太婆！来呀！"

甲："快点！"

乙："太婆走得慢，勿像我老头子……"

甲："侬讲啥？"

乙："勿像我老……头子……活络跑得快。"

甲："拍什么照？"

乙："阿拉(我们)老夫妻准备……"

甲："侬讲啥？"

《啼笑皆非》剧照，右为翁双杰

乙："我讲阿拉老夫……"

甲："又要'老'啦?"

乙："勿老,勿老,阿拉……"

甲："还要'老'吗?"

乙："勿老,勿敢老。阿拉……小夫妻准备拍张照。"

观众看了《啼笑皆非》,不仅笑得痛快,而在笑过以后,更深层次地认识了极左路线的荒诞不经。许多老观众看后,遇见我们时,会不断重复说,"头子"、"太婆"。可见他们看过演出后,留下的印象之深,非同一般。

1981年,上海首届戏剧节之前,我虽不学无术,才疏学浅,但决心尽力拼搏,全力以赴,争取参与戏剧节。于是我和胡廷源、李尚奎花了近一年时间,走访了十余家纺织厂、针织厂、印染厂,深入车间收集素材,创作了讴歌80年代青年人精神风貌的滑稽戏《甜酸苦辣》。在滑稽戏专场展览演出中,得到专家、同行、广大观众的热情赞扬,荣获上海首届戏剧节颁发的剧本创作奖。

29. 巧遇姜昆

　　一列从上海开往北京的特快卧铺车厢里，我的心情随着列车行驶的节奏："彭彭彭、彭彭彭"跳个不停。这次是我们上海曲艺剧团全体成员应中央文化部的邀请，带着最新创作演出的大型滑稽戏《出色的答案》，赴北京参加建国三十周年纪念演出。我们此时此刻的心情能不激动吗？

　　这时适逢 1979 年春节前夕，我们住在毛主席纪念堂附近的一家宾馆里。我和姚、周二位老师住在一座大套房，客厅内室是两位老师的卧室，我住在客厅边一间小卧室，都有暖气设备。姚老师不喜欢开暖气，到深夜二三点钟就将暖气关掉了。周老师好在起床早，六点不到就起床外出散步去了。爱睡懒觉的我，是被冷醒的。后来才知道室内暖气，早被姚老师关了。

　　我们在北京参观了毛主席纪念堂。在"东方红"剧场演了五场，"民族文化宫"演了九场，受到首都各界和

与姜昆夫妇

来京"老上海"的热烈欢迎,获得中央文化部颁发的演出一等奖。

春节前,我们接到中央文化部送来的春节联欢入场券。这是我第一次进入人民大会堂,看到了很多中央领导同志。特别令我兴奋难忘的是在交谊舞场边,看到了尊敬的王光美同志,我从远处望去,她虽已鬓发苍白,但仍精神抖擞。后来听说,她当时还刚回家不久呢。

在调换剧场的空间,有关领导安排我们在一个上午去拜访了中国曲艺家协会。当时是由陶钝等老领导接待我们的,我们自由组合,随意叙谈。年龄相近,共同语言就多一些。当时我和姜昆等在一起,他们刚看了我们的演出。我说:"姜昆,我早就看过你的演出了。"他傻了。我说:"1976年曲艺汇演,你和师胜杰,另一位我记不起来了。你们三人的节目很惹人注目,年纪最轻,很有生气,表演也很有特色。所以说我们是熟人了。"接着我问起马季,并请代我向他问好。

待我们演毕返沪后不久,我接到马季同志专门给我来的信,礼节性地叙谈一番。

过了一阵,姜昆与李文华出版了作品专辑,专程给我送来了他们的佳作,作为留念。

再后来是 1994 年夏,姜昆已是后起之秀、相声红角了。他带团来沪专场演出。在"逸夫舞台"公演,他专程为我送来了贵宾座票子,我带着国庆同去观摩演出。还和姜昆合影留念。

转眼又是十年前的事了。虽然我们南北各自一方,可我们在艺术上和友谊上是永恒的。

30. 富春江畔联想

　　人的一生中,会有很多第一次。而这个"第一次",往往给人留下难忘的联想。上世纪 80 年代初,剧团安排了拍电视剧的任务,当时我和严顺开、吴媚媚、李青等参加了《特色名菜》摄制组。队伍浩浩荡荡来到浙江山秀水清的富春江畔,时值春末夏初,富春江景色迷人如西湖一般,在此拍戏,实属美不胜收。

　　导演李尚奎常到我们卧室分析剧情。我扮演的是严顺开的舅舅,因此我和小严同住一室。一天休息时,小严发现我枕头边一本学习手册,他随手拿去翻阅,好奇地说:"怎么? 你也在学习'斯坦尼'?"我不好意思地接过本子,脸露腼腆地说:"先天不足,只能后天补了。"

　　有一次李导与我谈起此事,我说:"你们都是高等学府出来的高材生,我虽是'小米加步枪'游击出身,但也不能不吸取点'孙子兵法'的招数啊!"有人说我太谦虚,其实我确实是实话实说。

与严顺开(右一)、李青(左一)

在上世纪80年代初

我从进"人艺"这个"言必'斯坦尼'"的艺术殿堂，接触的大多是高材生，对照自己，主要靠看、听、捉摸，拜师学艺，都是实打实的。阅读"演员自我修养"这些书上的东西，真有那么神吗？

我看的是一位专家讲课记录，讲的是"斯氏"体系。读后结合自己的实践体会，觉得不是没有道理的，但也不是那么神乎其神。

最使我信服的是书中有一个章节。斯坦尼斯拉夫斯基体系是"他观察了许多演员和导演，并根据本身二十余年的工作经验，创作了这一体系"。后来我又学习了一些布莱希特的理论，进一步开阔了我学习的思路。从此，我有意识地关心我国各剧种名家的经验介绍。如：京剧周信芳、李少春的文章；沪剧丁是娥、王盘生；评弹张鸿声、杨振雄；越剧傅全香、戚雅仙等……从而，更体会到滑稽艺术应博采众长，广泛借鉴，取长补短，为我所用的一些道理。

我曾应邀赴市文化宫、文化馆（黄浦区、南市区、虹口区、普陀区、松江县……）、苏州市群艺馆、嘉兴市文

《特色名菜》剧照，右为严顺开

化馆、上海市交通大学、华东理工大学等……作滑稽艺术专题讲课。

在本团的三届学馆中，我都担任了授课老师，学员有：(1)王辉荃、龚伯康、孙小英等第一届(1960 年)；(2)钱程、秦雷、邵永平等第二届(1981 年)；(3)张晓东、邵印冬、陈思清等第三届(1998 年)。

这些讲课的教学资料来源，除了多年来向师长前辈学习和自身的艺术实践体会，更多的是学习兄弟剧种的艺术结晶，吸取精华，融会贯通，为我所用。

31. 赴港演出

1987 年春暖花开时节，我和翁双杰、童双春、李青
随上海戏曲艺术团赴香港演出，我们的表演深得香港

《三约牡丹亭》剧照　左起：童双春、吴双艺、翁双杰、李青

《春草闯堂》剧照
前左起:吴双艺、张小巧、翁双杰
后左起:李青、童双春

同胞的青睐。当时香港大会堂台前"花牌"锦簇,场内观众满堂。首场演出时,节目主持人是我和童双春,第一个亮相的是我。滑稽"四双"中,我和双杰是第一次去香港演出。整个演出开头好否关系甚大,在准备开场白时,我不免有些紧张。我既要介绍越剧、沪剧、甬剧等四个剧种,又要介绍越剧戚雅仙、毕春芳,沪剧王盘声,甬剧徐凤仙,滑稽"四双"等十四位著名演员。时间紧迫,我只得煞费苦心自己动手写了解说词,谁知忙中出错,临

《大阳伞拔牙齿》剧照

上场前,发现解说词忘记带了,顿时急得暗暗叫苦不迭。好在是自己写的,开场前,我立即坐在沙发一边以闭目养神的姿态,像老和尚念经一样,默默背诵。大幕拉开,我踏出数步在台口一站说:"女士们,先生们,你们好!"话音刚落,场内顿时又是掌声又是笑。我听见观众热烈的掌声、笑声,真是如鱼得水,马上变得浑身轻松活络起来,于是我充分发挥了一个滑稽演员的方言才能,进行即兴表演。我以纯正地道的绍兴话介绍越剧,转而又用"石骨铁硬"(标准)的宁波话介绍甬剧,在用纯厚朴实的浦东话介绍沪剧王盘声时,我学唱了一段王派《志超读信》:"志超、志超我来恭喜侬……"一句未了,台下就是满堂彩。接着,我说:"我是冒牌王派,老牌还在后头呢!"台下又是一阵哄堂大笑。正戏还没有上场,观众已笑得前俯后仰,

与加拿大华侨李太母女

为整场演出开了一个好头。由于艺术团演出戏多演员少，越剧《春草闯堂》"上路"一折，四个旗牌就是由"滑稽四双"友情演出。其实我们在台上个个都是一本正经，可一出场，一阵雷鸣般的轰动，观众席间，有的乐得

在赴香港演出的欢迎会上

拍手蹬足，有的捶打着身边的伙伴，有一位先生被邻座的太太拍打得直叫："啊唷哇！轻点。"都说我们为《春草闯堂》增添了神来之笔。

有一天，我在去大会堂的客车上，突然惊奇地看到一辆漆得崭新的旧式黄包车在香港街头奔跑，瞬间，我

恍然大悟:"怪不得香港观众介能(这么,如此)欢喜阿拉(我们)表演的独脚戏《拉黄包车》。"原来香港还有黄包车在街头供旅游者猎奇乘坐,一些游客还常常自愿作车夫拉车跑上一段,"新鲜新鲜"。恰巧我们表演的《拉黄包车》也有"主仆颠倒"的情节,观众看来自然趣味盎然。艺术团在沙田会堂演最后一场时,我和翁演罢《大洋伞拔牙齿》,台下掌声如雷,我们一再谢幕,观众的掌声经久不息,热烈的掌声中夹杂着叫喊:"拉黄包车!"恭敬不如从命,又加演了《拉黄包车》。

在观众席的前座有位李太和她两位在加拿大任教授的女儿,每晚必看我们演出的独脚戏。最后一场演毕,李太母女和我合影留念。李太指着女儿说:"她们姐妹俩是专程请了半个月假,乘飞机赶来香港观看你们滑稽表演的。"

另一件激动人心的事是当我们结束了赴港演出返沪后,有几位太太和她们的先生"跟踪追击",特地飞来上海,再看我们的汇报演出。

此后,直至新世纪 2002 年,我们先后五次赴港演出,以民族的艺术表演和滑稽的欢乐笑声,联络了港澳台同胞的友情,充分显示了滑稽这朵文艺百花园中江南奇葩的艺术魅力。

32. 思念母校

　　1999 年 4 月,我应"上海卫视"邀请作为《新上海游记》的嘉宾。在拍摄过程中,经导演介绍认识了一名法国女郎 SONYA。原来她是来沪学习的留学生,能讲一口非常流利的普通话。她外婆年轻时在上海住过很多年,常对她说起上海当年租界时的情况。如今她看到上海的变化,赞不绝口,叹为观止。

　　我在自我介绍中,很自然地说起,我是光明中学的前身"中法学堂"的学生,遗憾的是所学的法语,基本上已还给老师了, 仅记得"ECOLEMUNICIPALEFRANCO—CHINOISE(即母校"中法学堂")。

　　这"回忆宝盒"一经打开,那件件往事犹如开了闸的流水滚滚而来。1941 年暑期,我由原来的类思小学毕业,考取"中法学堂"做插班生。当我坐在一排排"翻板课桌"的教室里,听着老师为我们上法语课时,倍感新鲜。上课很紧张,每天交作业,每周末一次测验,下周一

在校友会中

公布成绩。校长法国人 **M·VANCIN**，每周一来教室与同学见面，报测验成绩，宣布分数、名次，对成绩好的同学说："脱莱卞杨，阿赛胡！"意思是"很好！请坐！"每周座位更换，按名次先后排座位，我很幸运基本上坐第一排。坐在后排的同学，有个别人由于恶性循环，学习成绩就更差劲了。

在校园操场上，篮球、足球（小洋皮球）、乒乓球等运动项目，品种繁多，各选所爱。我因初学法语，功课紧张，岂敢放肆，于是课间活动时，最多到操场旁边"老广东"的摊上，买一碗虾肉云吞（馄饨），每碗八只，收费一角，美味可口，价廉物美。高个子、大胡子法国神父，是不是副校长记不清了，他对我很好，见我学习用功，经常带我到他房间里，赠我奖券，可换法国运来的钢笔尖、练习簿等文具（或文化用品）。有时带我去放映室，观看法兰西风光的小电影，这是对我们学生的奖赏，在我们幼小的心灵中留下了法国真美的印象。

奈何好景不长，侵华日军 1942 年进驻租界，铁路交通中断，父亲失业，实在无奈，从此辍学。

半个世纪过去了，一次应邀出席"松江二中"校友会，特聘我为名誉校友。在会间，我看到众多校友多年不见，欢聚畅谈，亲密无间，我当时不知是妒忌还是羡慕，是困惑还是伤感……当时，我真是百感交集，不知所措。

　　一天在家闲聊,孩子们说起有的校友多年不见,变化之大,天渊之别。这又触动我思念"校友会"的神经。经询问,得知今年光明中学系 113 周年校庆,我自信这定是包括我"中法"校友的。8 月 15 日晚饭后,我兴致勃勃来到母校,早有几位认出了我:"是吴双艺?""对! 我是来参加校庆、校友会的!"

33. 江珊找"表舅"

《新七十二家房客》剧照

左起：陶醉娟、刘昌伟、吴双艺

人们常说，"有缘千里来相会，无缘对面不相逢"。此话确有道理，可见自古以来"缘分"两字在人们心目中早就占了特殊地位。

1997 年深秋，我应邀参加了拍摄电视情景喜剧《新七十二家房客》。这是一部反映上海市民在改革开放年代中平常生活的电视剧。就在这前后两个多月忙着拍摄工作的日日夜夜中，我经历

与江珊

了一个接一个的"意外"、"兴奋"、"激动"、"惊喜"的突如其来的喜悦场面，确实让我饱尝了美不胜收的"缘分"两字的鲜美原汁，至今仍是回味无穷。

在《新七十二家房客》中，我扮演的张伯伦，是一个资本家的后代。其中有一集《妹妹找哥泪花流》。一天傍晚，张家突然来了不速之客——一位容貌秀丽的姑娘——自称是来自苏州的外甥女"小芸"。在排练过程中，我发现这个"小芸"好面熟啊！再一看，喔！原来叫我表舅的"小芸"的扮演者，就是电视连续剧《过把瘾》中的女主角江珊嘛！我很喜欢她的表演，这次巧遇，真是意想不到。尤其是"小芸"在对她表舅张伯伦叙述她妈

妈临终遗言一段戏时,她既要急于对我(张伯伦)说,又怕被我老婆(朱曼丽)、儿子(聪聪)听到我们这段"悄悄话",她那忐忑不安的情态,环视四周的眼神,表演得既投入到位,又惟妙惟肖。我真为这位年轻演员的出色表

《新七十二家房客》主要演员

演暗暗叫好。她那欲言又止,机智灵活的喜剧表演,确实还感染了我。于是,我在回顾同她妈妈相聚——即张伯伦和表妹在患难逆境中的感情戏时,不由自主地进入了当时当地的规定情景之中,确实也让我这个在滑

稽戏舞台上干了半个世纪的老演员，在这段又悲又喜的感情戏中,过足了从未有过的一把瘾。由于我们愉快的合作,彼此交谈更加融洽,大有"酒逢知己千杯少"的感慨! 在闲聊中我才知道原来这个江珊还是我的 "老乡",咱们都是镇江人。就这样在摄影棚里,我巧遇一位忘年交的"老乡"。"缘分"! 这不是"缘分"又是什么呢? 这真是"久旱逢甘霖,他乡遇故知"。不! 不对! 应是"他乡见'新知'"。反正就是有"缘分"呗!

　　"无巧不成书", 一部反映上海市民生活的情景喜剧《新七十二家房客》,偏偏安排在北京广播学院内搭建的"海味石库门"摄影棚中拍摄,于是又结识了很多话剧影视界朋友,如,演我儿子"聪聪"的刘昌伟,我们同吃同住 67 天,不是亲人胜似亲人。又如梁天、韩影、宋春丽、张晓明、许榕真……说起小许原是我在"上海人艺"时同事许承先之女,而许承先又是我在《我是镇江人》一书中发现的"老乡"。这一切的巧遇说明什么呢? 一句话:"缘分"!

34. 摔跤的故事

　　艺术生活半个世纪,摔跤故事一十二起。略举数例如下:

与钱程、顾竹君等青年演员合演"叫卖声"

为学员上课

讲 课 与 摔 跤

　　这个题目,好像有点海外奇谈。说来正巧,1981 年 10 月份,我夜场正是演出滑稽戏《海外奇谈》。为了抢时间,我下午骑上"老坦克"往团部,为学馆同学讲课去。在经过瑞金二路时,被外档骑车人一推,他为了避开公交车,将我推倒了。我下巴着地满口出血,他却扬长而去。我推车来到团部,学员邵永平、李倩见状,立即陪我往附近瑞金医院急诊治疗,配了药两位同学陪我回家。此情此景,我感激在心。第二天,钱程、朱枫专程代表全体学员,向我探望慰问,至今我仍记忆犹新。

事隔十八年,仍是十月份,我已退休,为了培育新人,应邀乘出租车前往团部,为学馆邵印冬等同学讲课。不料途中司机不慎与前面急刹车的出租车相撞,我受猛烈震动,头部撞在克罗米杆上,顿时休克。待醒来从反光镜中发现,我右眼上部红肿,皮下出血。经医院诊断治疗后,我仍乘原车到团部说明情况,原车回家。小女国芳已得讯等在弄口,扶我回家,老爱人让我卧床休息。不久,团部党支书曹强、学馆负责人邹文浩赶来探望我。接着"大众"出租的杨、俞两位师傅也来探望。隔日清晨,眼肿未消,国庆儿陪我赶往仁济医院,陆惠华教授立即为我联系干部病房,住院治疗。

事过十八年,旧事竟重演。讲课与摔跤,难道内部有联系?真是太滑稽了。

摔 跤 的 真 假

从艺40年,退休在家第二天,团部来了急电,排新戏救场,聘请我出任艺术指导兼主演厂长。我理解团部遇到意外困难的心情,救场如救火。我婉言谢绝了兄弟单位聘请,默默承担团部的任务。在新戏《自寻烦恼》第三幕中,扮演厂长的我怀着十万火急的心情上场。当时,我穿着不很跟脚的皮鞋,急匆匆带戏上场,被台上

与姚慕双老师、师母

道具绊了一跤，跌到台口。哪里跌倒，哪里爬起，我忍着痛演完戏。同志们关心问候，我陪着苦笑说："没事，没事。"

回家后，吃云南白药，搽红花油。突然电话铃响，一听是老观众小方："吴老师！你们戏又改过啦？我第一天看的辰光（时候），第三幕侬呒没掼跤（摔跟头）个吗？侬是真个掼跤啊？"我说："是真个。"他笑了："侬又要出噱头了，真个掼跤侬要住医院了。"我无奈地说："假个。""喔唷！吴老师，到底'老法师'，假个掼得像真个一样，勿容易个！"我一边搽红花油，一边讲"是真个掼一跤！"他

还不信:"还要出噱头,我明朝再来看!哈哈哈哈!"……绊了一跤跌跟头,还要讲我出噱头。真是苦恼滑稽。

自 寻 烦 恼

1990 年在大众剧场(金陵路西藏路口)演出滑稽戏《灯红酒绿》,我演一个维持交通秩序的退休工人。中间有一场没戏,我发现舞台左侧候场处,有块地板断了一节,于是我站在旁边提醒年轻人:"当心!这块地板断掉了!"见一个讲一遍。最后我看到一个前台职工,叫他们明天将地板修一修……话音未落,只听见有人喊:"吴老师!上场了!"我急忙赶上场,结果一脚踏空,踏在地板断的地方,摔了一跤。结果总算还好,擦破一点点皮。心想,我这真是自寻烦恼啊!

恩师的"表扬"

有一天,我到徐汇区中心医院,专程探望住院的恩师姚慕双。我刚进病房门口,就听到洪亮慈祥的声音:"双艺啊!侬狠个!搭(跟)15 路电车别苗头(逞强逞能争胜)!"喔!我明白了。原来是恩师的小女儿"四毛"看到当时的实况,告诉她爸爸了。于是我只能和盘托出,老实交待:那天我在西藏路大观园浴室过马路,由西朝东,我还看红绿灯的。不料绿灯由西朝东,15路电车大转弯朝北也可以的。我没注意被15路电车撞倒在地,车上司机下来将我扶起,我看他身材矮小,早已吓得面如土色。此时,一名交警跑来,我边拍身上的尘土,边说没事!并对司机关切地说:"没事!下次转弯慢点,当心点!"回家后,临睡前觉得腰腿有点痛。被儿子国庆埋怨了一顿,"侬也勿抄车号,不留电话号码,出了事去找谁啊?"我被讲得哑口无言。心想,我是看见那个小司机已经吓得……恩师听后说:"侬个心是好个,不过下趟当心点!"

35. 电影, 我的"冤家"

　　我童年时代就是一个电影迷。梦寐以求能拍一次电影, 当一回电影演员。

　　有一次我在报上发现了一家"话剧、电影业余艺术学校"的广告。我欣喜若狂地根据报上的地址找到新大沽路××弄××号, 如果没有记错的话, 那学校的负责人好像是"常少白"。那天听到的一课是讲《空谷幽兰》的结尾处理, 很受教益。下课后, 那位负责人宣布明天上午在"陆家观音堂"(现在的延安路巨鹿路交汇处)门口集合, 乘车到"丁香花园"拍戏。不知怎么的我也稀里糊涂地挤在里面报了名, 他们也没有查问。第二天我很早就赶到了集合地点, 随着众人跳上卡车。不一会到了"丁香花园", 下车后也不知道干什么, 莫名其妙地等着。直到通知进服装间每人拿了一套衣服出来, 穿上一照镜子, 原来是一名古装士兵的穿戴, 我忍不住笑了起来。我很瘦长, 服装却肥大, 像穿了道袍似的。可负责人说:"没关系,快到草地集合!"这时一位威武的将军走了过来,走近一看:嚯! 陈云裳嘛! 还没等我看清楚,就只听得叫:"士兵冲过去!"于是我跟着"众士兵"手执大刀,嘴里喊着:"杀!"冲过来,冲过去,一遍又一遍,也不知道冲了几遍, 只杀得满头大汗,总算听到叫:"休息,吃饭!" 等到用卡车送回"陆家观音堂" 已是夜里十点多钟了。事后,我也不知道参加拍的是什么电影,是陈云裳主演的《木兰从军》呢,还是《秦良玉》呢? 这两部影片,我先后看了十几遍,遗憾的是都没能

《活络门槛》剧照

找到我的影子。尽管如此, 并没有削弱我对电影的迷恋。

后来,也不知道是上帝的安排,还是菩萨保佑,我投拜在当时红极一时的滑稽名家姚慕双、周柏春门下,在两位恩师的培育下,终于走上了滑稽艺术之途。即便如此,我在感情上还是放不下电影。

《不是冤家不碰头》剧照
左起:李青、翁双杰、陶醉娟、吴双艺

　　1959年,我们的滑稽戏《不夜的村庄》将被搬上银幕,由著名老导演应云卫执导。当时,我兴奋得无法形容。偏偏剧本因故搁浅没拍成,落得一场空欢喜,伤心啊!大概我与电影无缘,或者是缘分未到吧!

　　常言道,"好事多磨",我从十几岁想拍电影,想了四十多年,《小小得月楼》应邀试镜头,因故未成;《性命交关》制服装、染头发、对台词,已经进入排练阶段,又因剧团的演出任务,无奈只得向上影厂表示歉意,来日方长,后会有期。到了1986年,由我参加编剧、主演的滑稽戏《不是冤家不碰头》终于由上影厂改编成喜剧故事片搬上了银幕。傅敬恭既是我们舞台剧的导演,也是电影剧本的改编和执导。这可真是"不是冤家不碰头"啦!"冤家"这个词有两种含义:一是真的冤家对头,还有一种含义是"亲爱的"意思,不是有的恩爱夫妇,妻子叫丈夫也叫"冤家"吗?从这层意思来看,我从十几岁想到58岁,才真正让我的愿望成为现实。是不是可以说,电影,你这个"冤家"总算和我"碰头"了!

拍过一次电影,更加深了我对电影的感情。但上镜头不同于上舞台,舞台上我是个老演员,镜头前我是个小学生。舞台剧有头有尾,一气呵成,有时即兴发挥抓个噱头博得观众满堂掌声。镜头前大不一样,这个镜头是第七场中的一句,下一个镜头拍的却是第二场中的另几句,跳来跳去。还得划框框、走地位,不得越雷池半步。颠颠倒倒、前前后后,试镜头很好,正式开拍情绪跑了,真是洋相百出,纰漏不少。

尽管如此,我还是想与电影这个"冤家"多碰几次头。

36. 表情与艺术性

　　我最怕的是摄影师要我做滑稽表情，因为我最不喜欢看别人做怪相，我自己也最怕别人说我做怪相。

　　事有凑巧，某报记者邀我去拍各种滑稽表情的照片，我的心情说什么也平静不下来。左思右想，我发现自己的想法太片面了。在几十年的艺术生活里，我错把"硬滑稽做怪相"和"滑稽的面部表情"混同起来了。前者是不讲内容，挤眉弄眼作怪相；后者是根据人物的内心活动，在面部作出应有的滑稽的面部反应，这是滑稽表演艺术中的重要组成部分。好些年来，滑稽界对此争论不休，硬滑稽令人讨厌也是事出有因。因此而将所有面部表情的表演都归类到"硬滑稽"中去，那就太片面了，反将滑稽艺术的精华同时丢掉了。

　　于是，我做了一些照相前的准备工作，面对镜子，看着自己的面部表情，然后逐一记下。

　　《有苦说不出》：我假设一个人贪小失大上了当，一

好笑真好笑,实在忍不住

谁丢了东西,我又不知道

哑巴吃黄连,有苦说不出

认错人了,非常对不起

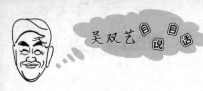
副懊丧苦恼相。

《交关对勿起》：假设错把不相识的人，当成老朋友，在背后猛击一掌，当此人回头一看，糟了！认错人了。面部作出尴尬的强笑。

……

人们常说"眼睛是心灵的窗户"，那么我说面孔是眼睛的基地。在"面部表情"的研究中，蕴藏着极其宝贵的"表演财富"，对一个演员，特别是一个滑稽演员是非常重要的。

37. 连升三级

　　我的人生道路中曾有过多次晋级。我出生于1927年,在父母怀抱中经历了"9·18"、"1·28"、"8·13"日

吴双艺夫妇与儿女们
左起:吴双艺、辛瑞香、吴国芬、吴国庆、吴国芳

左起:外孙华文骏、柴文祺、妻子辛瑞香、孙子吴文豪

听外孙柴文祺唱歌

天伦之乐

寇侵华战争。那时,我是"儿字辈"。抗日胜利后,我拜师学艺成了"双字辈"。解放后,我结婚有了孩子,从"儿字辈"升为"爷字辈"。若干年后,女儿国芬上山下乡返城回沪,接着国芬、国庆、国芳姐弟三人相继结婚有了孩子,随之我又晋级,从"爷字辈"升为"爷爷辈"。

大外孙柴文祺天资聪明,三四岁时,即能自己从收录机中学唱越剧尹派名段《洞房》、沪剧丁派《鸡毛飞上天》以及电视剧《霍元甲》粤语主题歌,尽管他咬字不准、含混不清,但唱得有腔有板,韵味十足,悦耳动听。有一次在赴浙江的轮船上,让他唱给老爷爷姚慕双听,听得老爷爷开怀大笑，赞口不绝。因为外孙柴文祺、华文骏，孙子吴文豪，三个都是光头，故我常说"我家像少林寺"。每逢三个"孙子辈"聚在一起时，我家就被闹得天翻地覆：他们忽而学"少林寺"拳打脚踢，忽而学《西游记》载歌载舞，唱起"你挑着担，我牵着马……"又跳又唱，大有"闹天宫"之势。闹得我这个"爷爷辈"眼花缭乱、心花怒放，真是天伦之乐、其乐无穷！

38. 枯木逢春

新世纪、新气象，"上滑"来了新团长。吴孝明团长上任不久，"上滑"就出现了空前的火暴场面。一年中上演了四台大型剧目，充分调动了各方面的积极力量，甚至像我退休多年的老演员，也不轻易放过，非常尊重地邀请我们参与演出。我深有枯木逢春、返老还童之感。因此，我是由衷地甘愿为年轻一代充当绿叶。

如：有一次暑期滑稽讲习班，邀请我讲课，我当然义不容辞。立即准备讲稿，翻阅有关资料，见物生情，往事记忆犹新。那年我陪同学们赴太湖之滨开门办学时，接待了报社记者采访，要我谈执教方言课的体会，并问我有何窍门。我回答就一句话：向生活学习。滑稽离不开生活，生活也需要滑稽。傅全香老师对我说过："我演了几十年悲剧，啼啼哭哭几十年，我现在再也不想看悲剧，我只想看你们滑稽戏……因为我要愉快、要笑。"笑能使人健康长寿。于是我的座右铭：我毕生的拼搏，为

中共上海市委陈良宇书记亲切接见

了观众的欢乐。不久,剧团成立了"上滑专家咨询委员会",我有幸也受聘当了委员,使我能老有所为、老有所乐。

由于剧团作出了出色的成绩,受到市委领导的关心重视。有一次,中共市委书记陈良宇和殷一璀等市领导来"上滑"视察,亲切地接见我们,并合影留念,这是对我们极大的鼓励和爱护。当我看到这张珍贵的照片时,我那"枯木逢春"的激动心情,随之油然而生。

39. 难忘的 2002 年

在 2002 年贺岁剧《浦江笑声关不住》中,最使我留念的是《满园春色》片断演出,这是时隔 42 年后第五次

2002 年贺岁剧演出时后台合影
左起:严顺开、张静娴、吴双艺、刘异龙、晓林

《满园春色》新搭档
左起：毛永明、吴双艺、晓林

新版《满园春色》剧照

上演了。特别是合作演出的好友更是难得,演2号服务员的是"上影"的毛永明,演4号服务员的是"上广"的晓林,演吃客的是"上昆"的刘异龙、张静娴,还有王辉荃、谭义存,我仍旧饰演8号服务员。这是多么难得的合作啊!真是观众笑得开心,我们演得舒心。

接着,4月份上演了大型悲喜剧《啼笑因缘》。该剧是根据张恨水同名小说改编的,还邀请了何赛飞主演剧中的沈凤喜。《啼》剧登上滑稽戏舞台,受到各方面的关注。我应邀参加饰剧中刘福一角,戏少,仅几句台词,但我同样认真投入排练,为年轻一代钱程饰樊家树跑一次龙套,我很高兴。

5月份又紧接着排演优秀传统作品《方卿见姑娘》。尽管在剧中我又一次扮演老家人王宣,戏不重,但场场有。导演王辉荃深知我是麒派戏迷,特地在第三幕"九松亭"一场戏中为我安排一段麒派唱段。这是我从事滑稽戏演出五十余年来,首次在古装滑稽戏演出中,过了麒派唱段一把瘾。

到了 6 月份,剧团再接再厉,赶排了大型滑稽戏《江南第一村》。我们"双字辈"扮演贺客甲、乙、丙、丁。虽然戏不多,但很讨巧,我心里感到很高兴。

已古稀之年的我,半年内排演了四部大戏,导演都是王辉荃。谁料这四部大戏却是我和他的最后合作。他的英年早逝,令人痛惜。他确是滑稽界不可多得的良才、功臣。

40. 乐在心中天地宽

　　若按"人生七十古来稀"这句话来衡量,我已经早就是"稀有人类"了。但自我感觉还可以,似乎并未老

在旅游途中
左起:吴双艺、周柏春、夏萍

登山途中小憩

化。有些多年未见的老朋友和久未看我演出的老观众，见面后也常常异口同声地说："老吴，几年不看见，你还是老样子，就是胖了一点！"

人不老，也许是客气话，人胖倒是事实。年轻时，我体质虚弱，虽然身高 1.78 米，体重只有 54 公斤，又瘦又长。尽管胃纳甚佳，可谓甜喜欢、咸中意，就是吃煞不胖。遇到大风，走在路上自己也觉得有点摇摇晃晃。1966 年冬，在一次献血体检时，发现我左上肺有一个犹如五分硬币大小的孔洞。肝功能检查又发现好几个慢性指标偏高，医生叮嘱我卧床休息。我采取了"既来之，则安之"，"兵来将挡，水来土掩"的办法，积极配合医生，正确对待疾病，耐心服药治疗，注意休息营养，再加上爱妻精心护理，三年之后，医院复查诊断：肺、肝均获

得痊愈,人也明显地胖了。医生笑着对我说:"这叫'三分吃药,七分保养'。你是滑稽演员,身体恢复得这么快,可能和你从事的工作有关系,乐观的情绪和开朗的性格都是治病的良方。"

以后,我的身体逐渐强壮。除了繁忙的演出外,我还创作了十多部大型滑稽戏,编写了近百个独脚戏和说唱节目,同时撰写了十余篇滑稽艺术理论研究论文。现在我虽已上了年纪,却自感思维敏捷,动作还算利索,记忆不减当年。曾与好友谈起养生之道,我的体会是:学会享受人生三乐,乐在心中天地宽。

一曰:自得其乐。从20岁拜姚慕双、周柏春为师,步入滑稽圈后,便迷恋上了滑稽。为了给观众制造更多的笑,我时时做有心人,处处观察生活,挖掘滑稽素材,于细微处生发笑料。潜心笑海,情趣盎然,数十年来视滑稽艺术为生命。平时把看到听到的趣闻轶事一一记录归档,用时信手拈来。积嚜千日,用嚜一时,人笑我便乐,人乐我更乐。真是自得其乐,乐在其中,其乐无穷。

对于"自得其乐",我还有一种自说自话的理解,就是自己去寻找乐趣,从生活中获得乐的养料或启迪。由于专业关系,我平时无论荡(逛)马路,逛商店,看到有人吵架或有人群叙谈,我都会习惯性地凑上去听听。我经常听到年轻人说:"唷!啥体(干什么,为何)啦?弄得像真的一样!"我听后经过反复揣摩,深感这句话对我胜似一帖良药。我长期以来养成了"呆板"、"死抠"的习惯,好友常说我"活得太累了"。以后,每逢"呆板"、"死抠"之病发作时,就用"不要像真的一样"来对症下药,渐渐地,我觉得自己活得轻松多了,这种轻松快乐都是要自己"寻"得来的。

二曰:知足常乐。我是比较容易满足的,非常珍惜数十年在艺术上所取得的成绩,从不得陇望蜀,自寻烦恼。在日常工作和生活中,奉行活得自在,听其自然,豁达大度,难得糊涂。剧团排戏,演主角,乐得"演";演配角,乐得"配";搞创作、当导演,乐得"当";搞辅导、下基层,乐得"下";家人团聚、子孙绕膝,乐得"聚"。反正我是"乐"字当头,何乐而不为呢!对艺术资料,我视如珍宝。经常翻翻看看,平时剪剪贴贴。抄抄写写的所有资料,其中记载着我长期辛勤劳动的成果,留下了专家、领导、广大观众对我的热情鼓励和珍贵的鉴定。我经常为此而乐,真是做学问于嘻嘻哈哈之中。

三曰:助人为乐。我天生愚拙,胸无城府,信奉与人为善,不伤人,不记仇,不报复,与人方便,与己方便。宁可他人负我,我决不负他人。这就是我的为人处世准则,有人说我憨,我以憨为乐。

有人喜欢"嘴巴勿饶人","得理"更是勿让人。既得

罪了人,自己又伤了神,何苦呢?上海有句俗语"寻开心","开心"是要自己去"寻"的,如果你偏偏要"寻""勿开心",让自己忧忧郁郁,歇歇(时而,不时)要光火,碰碰发脾气,到头来睡不香吃不好,终日愁眉苦脸,闷闷不乐,肯定要影响身心健康。有的人说,我是要寻开心,偏偏"勿开心"寻上门,有啥办法?我说,只要自己心胸宽,得理也肯让人,以让人为乐,那么"勿开心"的事情就会从头顶上滑过去,不会闷在心里。

数十年对滑稽艺术的不懈追求,乐在心中,也许就是我养生保健的一帖"灵丹妙药"吧。

第四章

良师益友

41. 恩师姚慕双

恩师姚慕双病逝噩耗传来，我沉痛的心情久久难以平静。五十六年的师生之情没齿不忘，往事犹如电影在眼前一幕幕放映。恩师生平为人和蔼可亲，善良厚道，平易近人。他在艺术表演上幽默诙谐，又极富书卷气，妙趣横生又含蓄严谨，稳健求新。他提携青年培养学生，言传身教严肃认真。我随师从艺半个世纪，耳闻目睹得益匪浅。

例如 1950 年夏，有一次恩师面授"三条锦囊妙计"，我铭记在心五十余年。当时我和师兄弟沈双亮、王双柏、郑双麟、王双庆组成"双字第一班"在电台播音。一天，沈双亮、王双柏分别找我，说常州滑稽剧团即将专程来沪演出，准备事先特地派人前来与我们协商，邀请我们联合演出。当时我们仅仅是在电台上播音，第一次受到如此盛情邀请，大家感到又喜又惊。喜的是，我们这些初出茅庐的小人物，竟得到同行这般重视，确实

吴双艺自说自话

与恩师姚慕双、周柏春

有点受宠若惊;惊的是,我们艺术上都很幼稚,更缺乏舞台经验,当时简直是无所适从,不知所措。我们决定求助姚慕双老师指点。待我们说明来意,恩师非常高兴地说,这是常州前辈对你们的信任,应该好好去学习。最后,他还为我们的合同谈判提出了三条意见,我称它为"三条锦囊妙计"。

次日,我们带了那"三条"来见常州滑稽剧团团长杨天笑。当谈到具体条件时,我们胸有成竹地亮出了"三条":第一条,不争牌子,不计较报上广告署名先后的排列;第二条,不争角色,让我们演什么就演什么;第三条,不争包银,给我们多少钱就拿多少钱。听了这"三条",团长杨天笑和剧场经理都乐得合不拢嘴,在座的人都频频点头,齐声夸奖姚慕双老师不愧名家风范,同时也对我们的尊师风尚作出了很高的评价。

1961年,我们蜜蜂滑稽剧团已纳入上海人民艺术剧院,演出大型滑稽戏《就是侬》。故事发生在一艘客船上,剧中周柏春老师饰青年工人,我饰青年技术员,两人所爱的对象是一对容貌酷似的孪生姐妹。不约而同乘上这艘客轮,由于认错了女友,两人在轮船的甲板上争吵不休。周老师的每句台词都属"误会"、"巧合"类的招数,于是场内观众笑声不断。我要申辩无法启口,所说台词全被笑声掩盖。下场后,在台旁观看演出的姚老师叫住我说:"今朝哪能(怎么,怎样)啦?"我委屈地摇

摇头。他又说："勿要灰心,动动脑筋。"我点头说:"嗯!"一夜没有睡着,想着老师关心我的话……

次日,演出到了老地方老辰光,周老师的台词仍旧赢得场内哄堂大笑,我加强了尴尬的面部表情,增加了据理力争的形体动作,还是无济于事。怎么办呢?我即兴加了个蹬脚动作,同时又加上幅度较大的捶胸动作,此时观众的注意力开始转移到我身上来了,我再说原来就富有喜剧性的台词,观众终于发出了痛快的笑声。我刚兴奋地下场,姚老师问我:"双艺,刚才你为什么加'蹬脚'、'捶胸'的动作?"我战战兢兢地说:"周老师的噱头力度强、笑声足,我开口也白说,为了适应当时的情境,吸引观众的注意力,又不能脱离人物,没办法才加动作的。"姚老师不仅没有批评我,还笑着说我"聪明",和他想到一起去了。这一次老师对我的"肯定",不仅使我更加注意对形体动作的运用,更启发了我后来关于滑稽表演的思考研究,获得了非常有益的启迪和积累。

恩师对晚辈的言传身教是不胜枚举。我在这百感交集,思绪万千的时刻,将永远牢记恩师的教诲:做个演员应该具备的人格、艺德……

敬爱的恩师姚慕双,您永远活在我们心中,我们永远怀念您!

42. 学以致用

　　我作为恩师姚慕双、周柏春的学生之一，经常回忆随师学艺的心得。五十多年前，我幸运地得到恩师的宠

《满园春色》剧照，左为姚慕双

《看电影》剧照
左为王双庆，右为翁双杰

爱,在 1950 年夏跟随恩师在当时的"合众电台"(私营电台)固定节目中学习。我深感受益的是两位老师艺术结晶中重要的组成部分——什锦戏。

姚、周的滑稽自由谈唱,是以诗文卷气、俗中求雅的姿态活跃在电台上的,每天为人们传送欢乐的笑声。他们每天有固定的节目,所以逼得他们每天要更新内容。同时,同行的竞争又较激烈,什锦戏的出现使姚、周的自由谈唱如虎添翼,加强了吸引听众的艺术魅力。什锦戏充分调动了南腔北调、九腔十八调等艺术手段,以清新流畅、脱俗求雅的艺术风格,给予听众既有情节、人物、噱头、意义,又有说、又有唱、又滑稽的东西。同时还吸取了文明戏中动人、感人的长处。

什锦戏中可以听到《三娘教子》、《清风亭》、《包公怒铡陈世美》、《孟姜女过关》、《梁祝》、《祝枝山大闹明伦堂》、《唐伯虎点秋香》、《王老虎抢亲》、《孙悟空大闹天宫》、《秋海棠》、《三毛流浪记》、《啼笑因缘》等节目。就连连环画中内容较好的也改编成什锦戏,每天连下去,像现在的电视连续剧,短则二、三天,长则一、二个星期。

什锦戏是运用声音从电波中传播的,让听众在听觉中得到绘声绘色的艺术享受。演员行当同样有生、旦、净、末、丑,姚、周两人要担任众多角色。周的"女人腔"在听众中影响很大,可称一绝。"女人腔"要演好很不容易,首先要变嗓,而且要分少女、中年妇女、老年

妇女的区别,还有泼辣的、温柔的、粗俗的、有学问的,都要从声音中刻画出来,周老师在声、形、神诸多方面下了很大的功夫。两位老师在什锦戏中获得的成就,为后来舞台上的滑稽戏表演屡创辉煌打下了扎实的基础。

姚老师的表演攻守兼备、幽然稳健、语言含蓄、苍劲有力。两位老师诙谐含蓄,藏而不露。他们的艺术风格是我们学习的养料。

如:我和双杰、双庆在创作表演的独脚戏《看电影》中,有一节要上厕所的情节,在舞台上我们既没有用"厕所",更没有说"小便"等字词,我们用了"到这个地方去"。因为前面有"茶喝得太多","肚皮涨'沽沽'",作为铺垫,现在说要"到这个地方去",观众很清楚"这个地方"是什么地方。于是,观众一听就笑,笑得痛快,干净利落,这就是我们学习老师藏而不露、脱俗求雅的艺术风格。

43. 袁一灵"万试万灵"

最近在整理本人艺术资料时，看到了我和袁老师在各个时期的几张合影，顿时心潮起伏，难以平静，勾起了对他老人家的深情追思……

袁老师舞台上艺术超群，生活中和蔼可亲，是我们崇敬的师尊。他半个多世纪的艺术生涯，经历了滑稽艺术发展、成长直至逐渐成熟趋向完美的重要历程。他用毕生精力为滑稽艺术的蓬勃发展作出了卓越的贡献。

袁老师在舞台上成功地塑造了一个个身份不同、性格各异的艺术形象。如机智善良的"阿王"；绝处逢生的"王小毛"；足智多谋的"祝枝山"；神出鬼没的"包三"等，演得个个活灵活现、栩栩如生，给观众留下了深刻的印象。

众所周知，袁老师具有令人称绝的金喉巧嘴，更有口皆碑的是他还有"过目成诵"的特强记忆力。他爱听评话，且听过一遍就能原版背下。记得有个夏天在

南翔演出，散场后洗浴、夜宵毕，大家都爱围着袁老师，要听他的评话《八魔炼济公》，而且天天连下去百听不厌，可见他嘴皮功之魅力、记忆力之惊人，名不虚传。

劫后余生，我们重新建团，复演滑稽戏《笑着向昨天告别》。剧中我与袁老师有一段非常精彩的对子戏，我扮演伪警察"独眼龙"，他演的是机智灵活的"阿王"。他有大段"借题发挥"、"指桑骂槐"地痛骂"独眼龙"的贯口台词，演出时每场都能产生观众笑声不断、

《浦东说书》剧照，左为袁一灵

掌声不绝的强烈效果。可是，1979年的袁老师已是饱受折磨、深遭摧残，记忆力同过去判若两人，令人吃惊。我深知袁老师难言之隐，演出前，下午我先去他家，陪他聊天说笑，找机会与他对词，特地为他设置几处"肩胛"（即暗示台词转折之处）。晚上，临上场我又给他重复"肩胛"之处，他点头会意。演了一会，该他施计耍"独眼龙"时，只见他手指着我连声说："嗨嗨！嗨嗨！……"我顿觉不好，他忘记了，我镇静地大声吼叫："怎么啦？"同时轻轻地提词：骂"独眼龙"！他立即领会，即说："嗨嗨！'独眼龙'啊！侬迪只（这个）瘪三！……"边演边提词，倒还顺利。突然他跳上桌子，我急了，啊呀！还没到跳桌子的时候呢！只见他跳上去骂了两句又跳下来了，我上前一把将他前胸抓住："怎么？你骂我？"他装成一副可怜相："是邱老七这样骂你的……我不说了！"我穷凶极恶地喝道："你说，他怎么骂的？骂呀！"该他跳桌子时他不跳了。此时我想只能顺着他演，反正只要完成"阿王"机智地以毒攻毒，让"独眼龙"与"邱老七"狗咬狗格斗，为进步青年丽生解围，就算完成任务了。说来也怪，剧场效果比以前更好。有观众说："不对啊，以前我看过不是这样的。"另一位观众却说："加工修改过了嘛！"

袁老师的记忆力越来越差，记得有一次到松江我陪他表演《浦东说书》，翻来覆去他竟重复三次唱"小方卿、

小青青到豆腐浆摊上谈爱情……"我急了，马上打断他："喂！谈爱情刚刚谈过了!"此时他居然清醒"诡辩"说："侬搭(你和)老婆结婚前，爱情谈过几趟?"我一听，心想好家伙，顺口托上一句："谈了三个月。"他立即反驳："侬谈三个月，小方卿总共谈了两三趟，侬就扳'错头(指找茬儿)'啦!"这个即兴噱头赢得观众哄堂大笑，我却为此出了一把冷汗。

在怀念袁老师时，我真是百感交集，思绪万千。袁老师！是您亲自传授教我演独脚戏《捉放曹》、《留声机》；是您与我整理发表了独脚戏传统节目《羊上树》；是您常教导我们做个演员应该具备的人格、艺德……

44. 筱咪咪爱"生煎馒头"

　　上世纪 80 年代初,我和胡廷源、李尚奎合作编写了大型滑稽戏《酸甜苦辣》,荣获上海市第一届戏剧节演出的剧本创作奖。老前辈筱咪咪在剧中的幽默表演,为《甜》剧增添了光彩,功不可没。他演一个老成持重的

与筱咪咪

管门房老工人,为了暗示他保密一张通知,他偏偏实话实说,暗示他的青年正买来生煎馒头,于是捡起馒头往他嘴里塞,他吃了又要说,再捡馒头塞……接连几次,馒头吃光,青年推他出门,他嘴里边吃馒头边嘀咕,结果还是暴露了秘密,为后面的戏作了铺垫。用他的话来说,这节戏既演得得心应手、挥洒自如,而且回家夜宵也不用吃了。

说起"吃",不由想起解放初期筱咪咪老师带了我们三个当时的滑稽新秀,演出后来到福州路一家本帮饭店,由他请客就餐的事。当时店里的服务员都是熟人,一位热情的老服务员迎了上来:"欢迎,欢迎!请楼上雅座!"于是我们四个人沿着"登楼雅座"四个字走上二楼堂口。服务员满面笑容招待入座,端上香茗,送上毛巾,微笑着说:"筱咪咪请客,吃'和菜',还是'点菜'?"拿着热毛巾擦手的筱咪咪煞有介事说:"先喝口茶!"服务员退下,此时四个人各占一方,同时朝墙上彩色菜单看去:左边写着"经济实惠,本帮和菜"。下面写着"四元,二菜一汤;六元,三菜一汤;八元,四菜一汤;十二元,双拼冷盆、四菜一汤……"回头一看,右边写着各类点菜价目。当时我嘴快就说:"今朝筱伯伯请客,不要太破费,就实惠点吧!"此话正中筱咪咪的下怀,他接着就说:"对个,实惠点,和菜没啥吃头,先弄两只冷盆,喝点酒好吗?"说罢他起身下楼。我们想筱咪咪今天是

准备扎一记台型(指争面子,摆阔气),掼一记派头了,只
见他托着两只盆子,拎了一瓶酒上楼,边走边喊:"呀来
哉! 两冷盆,一只鸡、一只蟹,一瓶黄酒勒浪(在)哉!"我
们三人一起上前相迎,接过来一看,呆住了。原来盆子上
放着的是最廉价的冷菜,一盆鸡骨头,一盆发芽豆(俗称
"独脚蟹")。我们三人面面相觑,闷头啃鸡骨头,吃发芽
豆。还是服务员过来解了围,介绍了本帮特色菜"八宝辣
酱","大鱼头粉皮",鱼是新鲜活杀的。大家齐声叫好,弄
得筱咪咪骑虎难下,十分尴尬,只得点头同意。但是,他
还是不甘心地追上服务员咬了一阵耳朵,意思将点的菜
改成小盆,而且"只只重辣"。他万万没有想到,我们三人
都是爱吃辣的,唯独他自己怕辣,没奈何,最后再添了一
盆炒鳝糊。为了省钱,他又叫服务员将吃剩下的"八宝辣
酱"加豆腐底放一碗汤吃饭……

结果, 到账台上付账时, 服务员叫了起来:"吜,来
哉! 筱咪咪会账(指付账),拾陆块捌角肆分勒浪哉!"

筱咪咪此时尴尬地边掏钱边嘀咕:"喔唷!今朝是小
吃大会钞(指付账)哉!"

45. 怀念朱翔飞

一次偶然机会，从收音机里听到了我和朱翔飞伯伯早在四十多年前合录的独脚戏《全体会》演出实况。

《庸人自扰》剧照
左起：吴媚媚、姚慕双、朱翔飞

观众的阵阵笑声，使我浮想联翩，心情无比激动，眼眶顿时湿润。

《全体会》是朱翔飞老师诸多杰出代表作之一，当时他手把手将这个优秀段子教我演，并鼓励我说："双艺，你的方言基本功不错，可以运用各地方言来说这个段子。"于是他将作品的立意、主题以及噱头的组成等艺术处理逐一作了细致的剖析，然后将段子中出现的眼、耳、鼻、口、牙、手、足、皮、脏、脑等，以拟人手法作了阐述，如清醒的脑子，直爽的嘴巴，势利的眼睛，娇嫩的鼻子，粗暴的耳朵，委屈的牙齿，含冤的内脏，吝啬的双手，大方的双足，单纯的皮……同时还将语言的含蓄简练、笑料的组织安排、噱头如何铺平垫稳、节奏的快慢强弱、神情的夸张可信等艺术环节向我作了传授。最后他向领导提出，让我参加公演，他配合我，让我演上手（逗哏），他演下手（捧哏）。我听到当年的实况录音，观众笑声热烈，噱头接连不断。在这阵阵笑声中，凝聚了朱伯伯多多少少的精力，倾注了一位滑稽老园丁为了培养新苗的一片苦心。

我最追悔莫及的是当时没有抓住这个学习良机，很好地继承朱伯伯的表演艺术特点。他的语言艺术、幽默滑稽方面的造诣，滑稽界同行中是一致公认的。唱不过麻皮（即刘春山），说不过翔飞的美谈一直流传至今。

曾记得上世纪 60 年代初，朱翔飞虽已瘫痪，养病

在家,但依旧热情好客,风趣幽默。有一回,我带着儿子去他家给他送工资。面对面坐定后,我说:"看朱伯伯满面红光,精神不错。""精神固然蛮好,但是半边瘫痪。"朱翔飞不紧不慢地说道。"那走路是否好一点啦?"他微微一笑,用手比划着说:"我现在是一步并一脚。""你今天说话比我前几次来看你时要清楚得多了。""是吗,双艺,你过奖了。"朱翔飞又咧嘴嘻笑了,笑得那么天真,宛如一个孩子。"我现在说出来的句句都是'广东上海话'。"(即咬字含糊,吐字不清的意思。)真是问三句,答三句,句句答得妙语解颐,趣味盎然。

转眼到了吃午饭的时候,朱伯伯硬是要留我们父子吃便饭,还拉大嗓门关照老爱人马上去买两斤韭菜、两斤大葱。老太太听了觉得奇怪,便问道:"请双艺吃饭,买这么多韭菜、大葱干什么?"朱伯伯笑着说:"老太太你不懂,双艺是扬州人,今天我要你烧只扬州名菜给他吃。"老太太笑着摇摇头:"什么?韭菜大葱烧只名菜,没听说过。"朱伯伯此时却一本正经地说:"真的。扬州不是有句有名的口头禅,叫'乖乖隆地咚,韭菜炒大葱'。"一席话说得大家前俯后仰,笑声不止。

朱伯伯虽然已于十年动乱中遭受迫害与世长辞了,但他毕生为滑稽艺术作出的贡献,在广大观众和我们晚辈的心中是永存的。

46. 到南京去理发

人生的旅途中,往往会出现意想不到的奇迹。1993年,在开往南京的"游二"列车软席上,我面对着阙老师

与笑嘻嘻

(即笑嘻嘻。原名阙殿辉),悄悄地对着台词。突然围上一群旅客,原来都是昔日的老观众,只听得一位青年乐不可支地说:"哈哈!巧极了,笑嘻嘻搭吴双艺'剃头',买仔(了)票子也看不到格啊!"随着,犹如故友重逢,谈笑风生,欢乐笑声围绕车厢。

我和阙老师相识近五十年,却是初次合作。我们合演《剃头》的独脚戏来参加全国曲艺盛会。《剃头》是阙老师多年未演的拿手戏,我确实有些战战兢兢,谁知阙老师更为紧张。原来年逾古稀的他声带患有小结,嗓音嘶哑失润,近四十分钟的节目给了他沉重的精神负担。在我们反复研究、精简加工时,他不无顾虑地说:"我们是唯一代表上海的节目,只能争光,不能丢人。"目前的情况也促使我沉着、镇静。经过反复思考,我"反客为主"地劝慰说:"阙老师,您放心,您的杰作我是认真学过的,我们的表演肯定差不了。"因此我们直到坐在车厢里,仍在认真作准备,时间压缩到十五分钟,而且保留了原有的精彩场面。

翌日上午,在南京"钟山宾馆"我们出席了"中国曲艺荟萃"大会,即南京盛会的"中国曲艺艺术研讨会"。马季、刘兰芳等名家各抒己见,交流研讨了曲艺的现状和发展的问题。晚上在人民大会堂参加了"中国曲艺荟萃"演出。久别重逢的骆玉笙、马增慧、王丽堂,曲协的领导罗扬、吴宗锡、周良等都出席了盛会。我们都为剧场门口等票的盛况和场内观众的热烈反响所振奋,据说如此轰动的演出是近几年所罕见的,真是"运来推不开,好事一齐来"。舞台监督为我们送来了"无线话筒",原来心情沉重的阙老师,顿时精神压力减轻一半,我趁势说:"阙老师,笃定了。您别太使劲,否则适得其反。"阙老师轻松地微笑点头。主持人报了我们的节目,观众席顿时活跃骚动,我们出场就迎来一个"碰头好",掌声雷动。我介绍了笑嘻嘻老师,再作自我介绍,并代表上海方面向盛会、向观众问好!接连三个满堂掌声。说也奇怪,阙老师开口说:"现在表演独脚戏《剃头》。"不仅嗓音没有一点嘶哑,而且音色清晰,流畅自如。演到理发店夫妻吵架,顾客劝架反挨打时,台下观众的掌声、笑声混为一体,表演已露高潮。阙老师得心应手,我跟着推波助澜,笑声一阵接一阵,高潮一个又一个,显示了上海土产——独脚戏的海派艺术魅力。为了照顾观众来自四面八方,语言上作了即兴应变,也为演出增色不少。

　　真是"有心栽花花不开,无意插柳柳成荫"。阙老师是我姚、周恩师40年代的老搭档,这次我获得这"可望而不可及"的良机,实是我从事滑稽艺术四十八年中,难能可贵的一页啊!

47. 嫩娘捉"坏人"

于飞、嫩娘这对贤伉俪和我多年友好,亲密无间。我叫他们老师,他们称我"老师兄",外人听也听不懂。

《做媒人》剧照,右为嫩娘

上世纪 90 年代，我曾与嫩娘合作独脚戏表演多年。我们都已年近古稀，回顾 50 年代她主演《活菩萨》时一件趣闻，令人捧腹大笑。

有一天，演完夜戏，嫩娘卸装后与往日一样走出剧场。当时适逢大雨，她穿上雨衣，戴上雨帽。因家离剧场近，她每天都是以步代车。刚走过一条横马路，后面"咯咯咯"的皮鞋声就紧跟了上来。嫩娘回头一看，是个男的，由于这人也身着雨衣，披戴雨帽，所以也看不清他的脸。她感到事情不妙，便加快脚步，谁知那男的也脚步加快。嫩娘此时故意放慢速度，那男的也跟着速度放慢。此时嫩娘突然想到电影中地下党甩掉敌特尾巴时的情景，她马上装着系鞋带在马路一边蹲了下来，只见那男的也停了下来摆弄着自己的雨帽。嫩娘三步并作两步奔过马路一个小转弯，那男的照样穿过马路紧紧跟上。嫩娘想，如果我走进弄堂他再盯梢，我就对他不客气了。于是，她走进弄堂，那男的也跟进弄堂。嫩娘正要发作，转而一想此时下手未免太早，也缺乏证据，再说弄堂大家都可以走的。倘若我走进家门，他再跟进来，我就把他抓到派出所去。说时迟，那时快，嫩娘已走进自己家的大门，正当她转身欲关门之时，那男的也一步跨了进来。此时，嫩娘再也憋不住了，她放开喉咙叫了起来："捉流氓，捉流氓！"那男的听到嫩娘的叫声呆住了，不说也不动。"喂，你找谁？你找几号？"那男的走

出大门，到门口看了看再跑进来回答："我找 10 号。""好极了！"嫩娘气得浑身打颤。"这无赖，看好是 10 号门牌，再回答我 10 号。"正在这时，厢房间吴先生听到叫声赶了出来，准备帮嫩娘捉流氓。等他开亮天井的电灯，看到那个男的，不禁喊道："爹爹！"原来那男的是吴先生的父亲，今天上午刚从昆山到儿子家里来。刚才是在天宫剧场看了滑稽戏《活菩萨》回来，没想到差一点被《活菩萨》中的女主角扮演者嫩娘当成流氓捉起来。嫩娘看着这一对父子俩，真有点不好意思了。"对不起！实在对不起。"那男的脱下雨衣雨帽，长长地吐了口气说："对不起也用不着，你舞台上的表演太好了！不过，你刚才……我差一点被你吓出毛病来了！"……

48. 逃不过两个清朝皇帝

　　每当在电视或报纸上看到介绍我国田径名将王军霞时，我就会联想到我们滑稽界的著名老演员王君侠。

《全体会》剧照，右为王君侠

虽然他们的名字音同字不同，但是在各自的事业中都作出了不可磨灭的贡献。人们常说"拳不离手，曲不离口"，而王君侠是出口成"噱"，"噱"不离口。

有一次，我们剧团的演员组开小结会，先前一直沉默寡言的王君侠在临近会议结束时恳切地说："我们演员组都是些相聚了十多年的老同事，平时大家相互谦让，互敬互爱的，没想到现在却为一点小事而搞得'八分钱买十粒糖'。"老王的话说得大家丈二和尚摸不着头脑，在我这个当组长的一再追问下，他才笑道："'八分钱买十粒糖'就是'四分(钱)五裂(粒)'罗！"

"好，这只噱头高级。"正当大伙齐声夸奖时，只听得姚慕双老师胸口衣袋里的那几只"金铃子"在"叽叽叽、叽叽叽"地叫个不停。此时，王君侠一发不可收，继续出"噱"。"不要太得意了，你这几只宝贝逃不过两个清朝皇帝。"姚慕双听不懂了，他不服气地说："我这几只'金铃子'是与众不同，另有一功。须须长，叫声响。你说它们逃不过两个清朝皇帝是什么意思？"

"意思很清楚，不是'康熙'就是'道光'。"在座的兴趣十足，齐声请教："'老法师'快抖'包袱'。"只见王君侠不紧不慢地说："我说姚慕双这几只'金铃子'不是'康'(藏)到'熙'(死)脱，就是统统'道光'(逃光)。"(沪语的"康熙"与"藏死"、"道光"与"逃光"读音相仿。)在场的无不笑得前俯后仰，拍案叫绝。

49. 冒牌"大力士"童双春

童双春在我们师兄弟中,确实可称为大力士。他每天早晨起身早锻炼,踢腿、打拳、练长跑,锻炼后洗个冷水澡。那怎么会说他冒牌的呢?那还是他20岁刚出头的时候,小伙子上午踢足球,踢得满头大汗,一冷一热,回到剧场发了高烧,躺在后台。年长的老师、阿姨,有的拿药片倒开水,有的绞毛巾倒洗脸水,忙得不亦乐乎。可他反而撒娇哭起来了,而且哭时不喊"妈妈",偏喊"爹爹"。于是,我们就叫他"冒牌大力士"了。其实双春虽然身

《对戏》剧照,左为童双春

板硬朗,体质强壮,但是他胆小谨慎,勤俭节省。前不久,他居然花了近万元买了一辆摩托车。为了爱惜摩托车,特订了"三不骑"制度:一是天气好不骑,怕阳光太厉害,晒掉摩托车的油漆;二是下雨不骑,怕泥浆弄脏了摩托车;三是路线长转弯多不骑,怕损坏摩托车。一天,多云转阴,气候适中,双春骑车外出。中途突然想起忘带钥匙,马上来了个紧急刹车,然后转了个弯。只因他车技欠佳,车未刹住,直往前面水塘冲去。岂料,前面看似水塘,其实是一个一米多深的水坑,人车掉下水坑又不好意思叫"救命"。幸好是建筑工地,有人已认出童双春,正要过去救人,只听一个老工人指着脚手架上挂着的小太阳灯,内行地说:"不要过去,你们连这个也不懂,童双春在拍电视剧。"大家停住了脚步,双春啼笑皆非地大声说:"我不是拍电视剧,是骑摩托车掉下去了。请大家扶我一把,还有我的摩托车……"

50. 双庆离不开的"头"

　　说起王双庆,离不开"三个头"。不是"三步头"、"四步头"(均为舞步),就是吃生的大蒜头。

　　提起这"三个头",那还是上世纪 50 年代末的往事。跳交谊舞"三步头"、"四步头",还要分快三步、慢三步,快四步、慢四步。当时每周举办的"周末晚会",我们这些二三十岁的青年都是常客。双庆更是"舞"劲十足,越跳越烈,越发不可收。而我则是"懒"劲十足,半途停"舞",成了叛逆者。

　　再说另一"头",就是大蒜头。也是那个年代,当时我们蜜蜂滑稽剧团首次出远门赴西北地区巡回演出。由郑州、洛阳、西安、汉口再到江西南昌……真是大开眼界,饱见世面,一览祖国大好河山。出发前,动员会上领导强调了适应当地饮食习惯问题,首先要能吃生大蒜头,大家都议论纷纷。

　　我和双庆是学吃大蒜头的积极分子。于是不适应

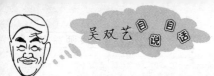

《甜甜蜜蜜》剧照，右为王双庆

者，尤其是女青年看到我们就避而远之。

到了郑州，每到食堂，桌上都放一大碗生大蒜头，饭馆、面店均不例外，有一次，一位女青年高兴地买回一碗小馄饨，咬了一口，往外就跑……原来肉馅里也有大蒜末。

生大蒜头，能坚持吃到今日者，王双庆也。吃生大蒜头能杀菌防癌，如今早已众所周知。我们每到一处聚餐，看不见双庆，就到厨房去找，他肯定去向厨师讨生大蒜头了。

51. 长不大的"娃娃"

滑稽戏舞台上以"娃娃"形象得到老观众喜欢认可的翁双杰,和双庆一样,是我数十年来独脚戏表演的老搭档。我说他"长不大",是他从二十多岁起,演到五十多岁,仍是以蹦蹦跳跳十多岁的"娃娃"形象获得观众的欢笑。很多观众见面时总是说,你们滑稽演员,长年累月,说说笑笑、嘻嘻哈哈,轻松愉快,长命百岁。

其实忧愁苦恼并没有忘记我们滑稽演员。翁双杰从干校到工厂"战高温",多么想能重返舞台参加演出,可在那"史无前例"的年代,又谈何容易。后来化了九牛二虎之力,总算获准他在"革命现代话剧"《杜鹃山》中扮演狗腿子。由于第一天演出,狗腿子出场引起台下观众骚动,第二天领导宣布:今晚演出,狗腿子不准面对观众,只许背对台下,一溜而过。为了当个狗腿子,翁双杰可怜地只能唯唯诺诺,点头称是。

《滑稽楼台会》剧照，右为翁双杰

　　粉碎"四人帮"，双杰和我们一起，重新换发了艺术
青春，长不大的"娃娃"，又重返滑稽舞台。旧梦重温，其
味无穷。我和翁双杰、童双春、李青组成"上空四双演出
队"，在瑞金剧场演出独脚戏专场。就在我和双杰演完
压轴戏谢幕时，双杰，这个长不大的"娃娃""啪"地一下
倒在我的怀里，他不是表演，是美尼尔氏症发作。立即
送医院急诊室，"娃娃"又演了"一场虚惊"。

52. 李青"吃耳光"

胖师弟李青,是出了名的名字中不带"双"字的双字辈一员。他演独脚戏,甘居"下手",自成一派。我虽和他偶尔合作演出,但觉得他在各种不同情况下都能"托"得恰如其分。他曾和袁一灵合演过传统节目《调查户口》,为独脚戏留下了非常珍贵的艺术资料。

当时,袁一灵老师年逾古稀,加上在"文革"中受迫害头部被打伤,记忆力严重减退,故在表演时难免会张冠李戴,前后颠倒。为了确保演出质量,以防万一,李青背熟了全部台词和噱头,准备随时传递信息。这一天,《调查户口》前半段演得相当成功,一逗一捧,妙趣横生,赢得满场掌声满堂笑。然而当演到袁老师扮演的辛梅友以拍蚊子为名,打了李青扮演的警察一记耳光后,袁老师的思路开始乱了,台词翻来覆去。不一会儿,他又从拍蚊子开始重复再演,李青莫名其妙地第二次又挨了一记耳光。望着台下近千名观众,李青十分着急。

吴双艺自说自话

前左起：王双庆、吴双艺、吴国庆
后左起：王辉荃、童双春、李青

正当他挤眉弄眼,一遍遍轻声提台词时,第三记耳光跟着又打了过来。李青此时急中生智吼道:"老家伙,我已经被你打了三记耳光了,再打我抓你到警察局去。"如此这般,终于把袁老师"托"回原轨道,圆满地完成了演出任务。

53. 九松定头套

    李九松是我们滑稽界出了名的热心人，台上"娘舅"，噱头十足；台下当"娘舅"，助人为乐。

    有一次，上海曲艺家协会组织了一台独脚戏专场，假座美琪大戏院。演出前，在后台我遇见了李九松。说出来有人不相信，我们虽然同在上海地，竟会几年不见面。礼尚往来，寒暄一番。接着他盯住看我的头，我也盯住他的头看。他一本正经地问我："老师兄，你这个'假发'在哪里买的？"我认真地回答："在老城隍庙定做的。"他羡慕地追问："戴在头上舒服吗？"我非常自豪地说："舒服极了，刮大风也吹不掉。你如想要，我帮你定做。我这个老朋友是专做假发的，男式女式都做……"我们两人越说越起劲，旁边的人听了，笑得前俯后仰。因为大家都知道，我是天生满头真的头发，根本不用戴假发。同时，大家又都知道，九松早就谢了顶，就留下几根宝贵的头发。李九松明知故问是那么逼真，我那故弄

与李九松

玄虚又是那么引人入胜。大家说："你们的即兴表演惟妙惟肖，怎不令人忍俊不禁。"那么，我们俩又为什么要盯住看对方的头呢？九松想："双艺年纪比我大，这头发是真的吗？"我是这么想："跟九松几年没见，怎么他的头发又少了几根啦！"

54. 惹人喜欢的孙明

　　屈指算来，我和孙明相识也有三十载了。当时，我们（还有胡廷源、姚鸿福）初度合作编写《找水》、《人人有责》等曲艺作品时，聚集在市城建局大楼，日以继夜，挑灯夜战。在多少个日日夜夜中，我们搜索枯肠，潜心创作，孙明也是积极投入。用我们的精力、汗水凝结成深厚纯朴的友谊。当我们的作品得到观众认可，获得奖励好评时，感到无限幸福。

　　人世间往往会出现意想不到的事情。由于阴错阳差，1992 年为了暂时解决"上海广播电视艺术团"演出的燃眉之急，领导居然导演了一场"拉郎配"，就是要我这身高 1.78 米的高个子和 1.64 米的矮胖子孙明硬凑成一对"野鸳鸯"，真是做梦也没想到。但是我们又都认为这也是缘分吧！尽管我和孙明从未搭档演出过，但由于我们对表演风格、语言节奏的认识都比较接近，于是很快就适应了。惹人喜欢的孙明在演出中，给人洒脱大

《说一不二》剧照，右为孙明

方、亲昵幽默之感。表演上我们相互尊重，生活上他对我关心备至。他生活中烟酒不沾，唯一爱好就是"吃肉"。只要接触到红烧肉、小白蹄，他就会垂涎欲滴。无奈他肥胖体重，患有什么高血压、冠心病呀……为了健康，下决心忍痛割爱戒肉，甚至走过菜场，见有肉柜，他宁可绕道舍近求远。

有一次，我们应邀赴常州演出。在大客车上，有人在闲聊，是以孙明戒肉减肥为中心话题。当夜演出结束，回到宾馆，由主人设宴，品尝当地名菜佳肴。吃到快上点心时，突然从门口传来一阵惊人的骚动，接着不知

是谁大声吼叫:"孙明!考验你的时候到了!"我正在纳闷,只见服务员手托大盆挨桌上菜。临近一看,没等我看清楚,服务员就介绍:"油酱焖蹄!"喔!明白了,原来是蹄膀来考验孙明了。我看着坐在对面的孙明,心中暗暗嘀咕:"大块头(平时我这样称呼他),蹄膀千万不能吃……"我还没嘀咕完,只见孙明将桌上的玻璃转盘一推,很快,蹄膀转到我面前了。"我也不吃!"我边说边将菜推向右边。我右边一位同志用筷夹起一块蹄膀肉说:"吴老师,尝尝味道嘛,难得吃的,少吃点没事的。"我礼节性地微笑点头称是。转盘转了三圈,多点少点都吃了,边吃边说味道好,入味……又转到我面前,不好意思地夹了一小块刚往嘴里送,只见对面孙明经不起朋友们起哄诱惑,索性敞开吃个痛快……事后他说:"筷子动得多,肉吃一眼眼(一点点),大家开心开心嘛……"孙明,就是这样讨人喜爱。

55. 我与周艺凯

粉碎"四人帮",人人心欢畅。当时我们都在评弹团,要上街游行欢庆第二次解放时,大家动脑筋,

《书坛奇闻》剧照,右为周艺凯

说欢庆游行一定要有曲艺的特色。于是我们的队伍中有的拿三弦，有的捧琵琶。不知是谁真聪明，寻来一摞钹子，一排人个个敲钹子,赛过浦东说书大合唱。

有一天在评弹团,大家议论"四害"横行时,当时架在滑稽头上的最大罪名就是一个"笑"字。说什么"笑里藏刀"，又说什么"笑声冲掉了阶级斗争"……张效声同志郑重推荐了独脚戏题材,当时我和周艺凯听得出神,决定整理素材,投入创作。

我将张效声提供的评弹演出的配乐全用铜管乐队的情况告诉姚慕双老师,老师笑着说:"评弹被他们糟蹋得不像样子了。双艺,侬写评弹受害,不要忘记写滑稽遭难。"老师一言九鼎,令我茅塞顿开。

我与艺凯苦战两周,创作了独脚戏《观众的笑声》和《书坛奇闻》。接着我与艺凯初次合作登台与观众见面,赢得观众痛快的笑声。记得《观众的笑声》中有这么一段:

甲:我编演了一个独脚戏,讽刺一个打砸抢的坏头头,观众笑了,我犯错误了。

乙:我看过的,观众笑得痛快,有啥错呀?

甲:(扮"四人帮"余党,打着官腔)"许多观众说:'看了这个独脚戏,真是笑煞人。'听见吗?笑煞人,就是说你们用笑在杀人嘛!"

乙:啊!（啼笑皆非地）"笑煞人"是一句话呀!"

……

再如,反映评弹受害的《书坛奇闻》中的一段:

甲:"四害"横行时,我们评弹双档,演出短篇《深夜擒敌》。两个人台上刚坐下来——犯错误了。

乙:怎么啦?

甲:(扮"四人帮"余党)"你们俩,一个演英雄人物,一个演反面人物,怎么可以坐在一起?起码没有划清界限吧!"

乙:不搭界的嘛!

甲:"……怎么突出英雄人物?英雄人物要高大嘛!"

乙:怎么个高法?

甲:"那就要千方百计想办法啰!要高嘛!"

乙:……（讽刺地）要不在椅子上加一只肥皂箱子。

甲:"可以嘛!……反面人物就要低。"

乙:要低——总不能让演员坐只小矮凳……

甲:"好!……反面人物不能占领舞台中心,只能坐在角落里,灯光照不到的地方。"

乙:完全是形而上学。

甲:评弹被"改革"得面目全非,阿(可)要听段开篇?

乙:好的。

甲:"乐队准备!"

乙:啊! 评弹开篇用大乐队伴奏?

甲:(嘴里学吹小号、弹钢琴……)

……

这些就是我和艺凯同志,在那个年代留下的一份刻骨铭心的纪念。

56. "老公"的服装

在应邀拍摄海派情景喜剧,商讨具体事项时,我为了方便制片方,商谈地点就约在陶醉娟家。因为我家离

与陶醉娟

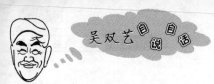

陶宅较近,谈起来方便。商谈中得知剧名已定为《新七十二家房客》,我与陶在剧中分饰旧上海资本家后代张伯伦和其妻子朱曼丽。对方希望我们各自能准备一些适合人物身份的服装鞋帽等物。然后谈了启程的日期、时间,最后约好有管理服装的小Z来取服装。

过了两天,我们各自分头准备了服装,添置了箱包。一切就绪,就待来取行李。

小Z按时到了陶醉娟家,看陶准备充分,赞不绝口。过了一会,陶见小Z坐在沙发上没有走的意思,就说:"行李齐了……"小Z纳闷地说:"你老公的服装呢?"陶愣住了:"老公"?"咦!吴老师的服装还没有拿呢!"陶不解地说:"吴老师的服装不在这里的,在他家里……""在他家里?那你们俩……"这下陶明白了,"我陪你到他家去。"小Z还没拐过弯来,"你们俩不是……我还以为你们俩是……对不起陶老师,我……"陶此时笑得乐不可支:"吴老师是我们老师兄、老同事。因为我们在戏里经常演夫妻,有很多观众也常误会我们是夫妻,经常闹笑话的。"

57. 胡廷源设的"陷阱"

　　滑稽戏《屈打成医》是根据莫里哀原作改编成中国化的滑稽戏剧本,是胡廷源和缪依杭联手合作改编的。当时我正在《变形金刚》剧组演出,听说《屈打成医》准备排练,但人员安排上遇到困难,想请我给予支持帮助时,我二话没说,一口答应。

　　我和胡廷源是多年的亲密挚友,从搭档演出到联手创作,艺术观念志同道合。可是这一次我万万没有想到,他竟如此"心狠手辣,设下陷阱,害我落网"。有人问我,为什么说得这么绝? 其实我也是出于无奈。我从艺四十余年(当时是 1989 年),演过一百多个角色,演娘娘腔这还是第一次。杨华生老师来看戏时,见我出场的体型步伐,他嘀咕自问:"这是谁啊?"直到我那嗲哩哩的一口苏州方言,才听出是双艺啊,连说:"看勿出,看勿出。"偏偏导演李家耀还说,"他是体验性地演的"。人艺老院长黄佐临看了以后,还说"吴双艺也演得好",称

左为童双春，右为胡廷源

《屈打成医》剧照

赞改编得很严谨，……为滑稽戏的推进，做了重要的很好的工作。可是，请大家再看看我那张剧照，就知道当时我受了多大的"委屈"，在整个人物塑造的案头工作中，我下了多少功夫，作出了多少……不说了。谢谢你胡廷源，给了我一次别开生面的创作机会。

58. 桂林怕咖啡

  参加上海滑稽剧团到绍兴演出，我还是第一次。那时是 1990 年，我和王桂林同住一室。那天上午我们几

《一枕黄粱》剧照，右为王桂林

个主要演员同去拜访市政府的领导，接待我们的是市
府秘书长。交谈后知道秘书长原是上海去的，家住上海
静安区……越谈越亲切。临别时，请领导光临"绍兴剧
院"观看演出。

那天日夜两场演出后，我感到比较疲劳，于是没
有和大家一起吃夜点心，只是吃了几片饼干便倒头睡
下。但奇怪的是，疲劳归疲劳，就是睡不着，总感觉缺
了什么。等王桂林他们吃好夜点心回来，开亮电灯，
我才如梦初醒，找到了睡不着的原因，原来是因为忘
了喝咖啡。我立即起床冲了两杯咖啡，不用说，另一
杯是招待王桂林的。可王桂林见状，连连摇着双手，
"别客气，别客气，我不喝咖啡。上次我中午喝了一杯
咖啡，结果整个晚上都没有睡着觉。何况现在……"我
冲着桂林笑了笑，端起浓浓的咖啡，一杯接一杯，天
南地北地聊了起来，我就这样边喝边聊，在不知不觉
中竟睡着了。

第二天早上起来，桂林冲着我说："双艺，我服帖
你了！临睡连喝两杯咖啡，竟然还能'呼呀、呼呀'一
觉睡到大天亮。你啊，不当它是咖啡，当它是安眠药
了！哈哈……"

59. 怀念"老山东"

"老山东"是我们划入"上海人艺"建制后的第一任团长(原是某军文工团的团长)。他叫于龙,是山东人,我们背后喜欢称他"老山东"。他为人正直和善,办事认真果断。

我们第一次接触是他组织我、周正行、周柏春准备参考相声《昨天》创作一部滑稽戏。当时是1960年,刚经过"反右",剧团整顿,划入全民所有制的剧院。当时对文艺创作,尤其是写新旧社会的故事,思想有一定的顾虑。于团长很直率爽朗地说:"不要怕,如果被扣右派帽子,我来顶。"真是刺刀见红、一针见血。于是,我们齐心协力创作了大型滑稽戏《笑着向昨天告别》。他亲自和钟高年担任导演,音乐、舞美、灯光、效果、化装、服装、唱腔、道具综合艺术焕然一新。在故事情节感人的前提下,挖掘了大量情理之中意料之外的笑料,演出时场内噱头迭出,喜剧性强,笑声不断,引起观众轰动。

该剧除在本市演出外,还先后去苏州、杭州、无锡、南京、天津、北京、青岛等地巡回演出,均获好评。应该说《笑》剧的成功,于龙团长功不可没。

平时谈话时,他有一句像孩子般的口头禅:"是你说了算,还是我说了算?我是团长。"在没法说服对方时,他就来这一手。

时隔三十多年,他离休后在家养病。有一次我去探望他(是 2000 年),他爱人在家,说他能看电视,也听得见,就是说不出话来。我就对于龙说:"我来望望您,听得见就行,不用开口。"便天南地北地说了一通。他很高兴,边笑边敬我香烟。他爱人说:"现在他不吸烟了,专门敬客人的。"他只是笑着点点头。我边吸烟边笑着说:"于团长,过去您总是说,'你说了算,还是我说了算?'现在您别说了,都是我们说了算了!"说罢,满屋的人都哈哈大笑,我们于团长也笑得合不拢嘴。

尽管他病成这样,我们还是亲热地叙谈了约半个小时。临分别时,他硬是不要爱人搀扶,独自送我到门口,我非常激动地与他握别。谁知这竟是最后的一次会见。

其实我们并没有更多的共同语言,无非是在热爱滑稽艺术事业上是志同道合者。

曾记得在 1973 年,我和王辉荃由市文化局接任务,参加人民杂技团赴梅山矿区慰问演出。得知于龙被

下放在梅山某工厂工作，我们决定抽空专程拜访老团长。一见面，"他乡遇故知"的亲情油然而生。经过彼此嘘寒问暖，他随即言归正传地说："滑稽戏准备怎么搞啊？"我与辉荃面面相觑，手足无措。最后还是我结结巴巴地说："想是想了，可我们的滑稽戏跟样板戏的'三突出'对不上号啊！"……他很气愤地说："没关系，你们这些人都死光了，滑稽戏还是有人搞的！"他热爱滑稽戏，真是情有独钟啊！

60. 可爱的"小绍兴"

　　我们背后叫他"小绍兴"是因为他很小的时候就参军，在浙江四明山一带打游击。他曾是我们的副团长——甄恒祥。

　　记得有一天，我在团部上班，一位来访者要找我们的"正"团长。我说："正团长到局里开会去了。"他说，"我们刚刚通过电话，他说在办公室等我。"我一听傻了，"我们正团长今天根本没来过，他一早就开会去了。"说着老甄出来了，来访者马上招呼："甄团长你好！"我认真地更正说："老甄是我们的副团长。"此时，老甄操着绍兴官话："我的职务是副团长，因为我姓甄，所以有人也叫我甄团长。"此时我们会心地笑了。但我又故意问老甄："那你究竟是正团长还是副团长呢？"老甄佯作严肃地说："我既是甄团长也是副团长。""那你正副团长全包了！"此时大家都忍俊不禁放声大笑。

　　老甄平时风趣幽默，内心善良仁慈。那是在"史无

双字辈
前左起：沈双华、翁双杰、吴双艺、王双庆、姚勇儿
后左起：李青、童双春、王双柏

前例"的初期,他是个刚被"结合"的干部。一次,"革命小将"硬要他一起到"牛鬼蛇神"处去抄家。结果来到朱翔飞家,将所有的存折存单,包括现金全部抄光。当时朱翔飞患病在身,老爱人拖个小女儿,一家三口,面临困境,病贫交迫。老甄冒着"通敌"的风险,暗暗将一张数千元的存单塞给老太,轻轻地说了声:"要过日脚(日子)个。"事后我们听到这事,都深受感动。"小绍兴"真是个好人呀!

老甄平时从不摆官架子,接近群众,平易近人,和我们可说是无话不谈。他在部队当排长时的部下,当时已是浙江某兵团的司令了,可他还是我们剧团的副团长。他是不善于当官耍权术,以权谋私利,奉上拍马屁,仗势拉关系的人。用我们的俗话说,他是个在上级面前不讨人喜欢的人,所以升不上大官。

有一次,谈到重建"上海曲艺剧团"时,他说当时有个领导不同意恢复演滑稽戏,只同意演独脚戏、说唱等曲艺节目。(因为"人民日报"有短评,1976年我和王辉荃随评弹团参加过北京的全国曲艺汇演,新创作的独脚戏《针锋相对》获得好评,演出本发表于《解放军文艺》。)老甄他还说:"上海的曲艺还包括演小戏。演小戏就要服装、道具,以后我们恢复演大戏就有本钱了。其实我是为恢复滑稽戏打了个埋伏啊!哈哈哈!"看!多可爱的爱护滑稽戏的"小绍兴"啊!遗憾的是没有几个人

知道这么可贵的事实。当时在市文化局里，还有人指着他鼻子骂"右倾"呢！

我不能自私地吞没这个铁一般的事实，在缅怀"可爱的小绍兴，"我们的甄团长、我们的副团长甄恒祥同志时，我作为一个滑稽艺术的孝子贤孙要说句真心话，在恢复滑稽戏的过程中，甄团长，您是一位有功之臣啊！

61. 迟到红娘

　　蔡剑英是笑嘻嘻老师的高足。在女滑稽演员中，她的"卖口"是数一数二的。"文革"前，她在大公滑稽剧团。粉碎"四人帮"后，她进了青艺滑稽剧团。我与她没有在一个剧团待过，然而在上世纪的90年代后期，我俩却意外地合作了小品《"OK"上海》。从排练到演出的这段时间里，我听到了不少蔡剑英热心做红娘的趣事……

　　据说蔡剑英做"红娘"，成功率达80%。故而亲朋好友纷至沓来，蔡剑英简直是应接不暇。那是有一年夏天的一个傍晚，正在下着倾盆大雨，想到今晚七时在华侨商店门口还有一档"红娘"节目，蔡剑英便忙着梳洗穿戴作起准备工作来了。谁知半路杀出个程咬金，剧团的编导在房门口把她给挡住了，要和她商谈新戏中有关"红娘"一节的修改意见。人称"戏迷"的蔡剑英，见是说戏，把做"红娘"的事情忘得一干二净。

《三秀才》剧照，右为蔡剑英

　　此时华侨商店门口虽然天公不作美,然而有情人依然是成双作对,卿卿我我。七点过后,可谓"门前冷落车马稀"了。等到七点一刻,商店门口只剩下一男一女。男的长得眉清目秀, 潇洒英俊;女的是面容俏丽, 亭亭玉立。两人忽儿看看手表,时儿望望前方,忽儿向西跑跑。显得心神不定, 焦虑不安。过了不久,小伙子憋不住了,"蔡剑英今天是怎么搞的。"他下意识地透过雨伞朝不远处那位姑娘瞄了一眼,真是心有灵犀一点通呀! 那姑娘也正偷偷地在看他呢。霎时间四目对视,姑娘的脸上微微一红。到底是小伙子有魄力,心想眼前这位十有八九是的了,便上前礼貌地问:"你认识蔡剑英吗?" "认识。"姑娘不好意思地点点头。小伙子"乘胜追击":"我是蔡剑英约我来的,你呢?" "我也是。"姑娘显出一副羞答答的样子。"这么大的雨,你我就别傻站着了。"小伙子大胆主动地向姑娘提议道:"蔡剑英家就在前面,我们还是上她家去看看吧!"姑娘想了想点点头。

　　再说蔡剑英此刻正和编导沉浸在新戏的修改之中,"当",响亮的钟声把蔡剑英惊"醒"了。"啊! 已经八点钟了,事情坏了。"她顾不及对编导打声招呼,便匆匆出门。黑暗中竟和来人撞了个满怀,双方定睛一看,不约而同地叫道:"是你。"原来这一对没有介绍的青年男女来找失约的"红娘"兴师问罪了。蔡剑英连声招呼,深表歉意;姑娘是手捏衣角,羞羞答答;小伙子却开门见

山,直言不讳:"蔡阿姨,你这'红娘'十八只蹄膀……"
"我要吃的。""是不可能的。""啊!你……俗话说:'新娘
娶进房,媒人甩过墙。'你们还刚认识难道就……""蔡
阿姨,不要急嘛,你做'红娘'工作责任性不强,奖励减
半,九只蹄膀。""吭……"一席话引得大家大笑起来。忽
然蔡剑英好像又来了灵感,一手拉着一个地对屋里的
编导说:"新戏里'红娘'的那段肉头戏有了。""请你快
说。"编导连忙催着。蔡剑英深情地看了男女青年一眼
说:"我一人说不形象,三个当事人都在,我们现身说法
来一遍怎么样?"征得编导同意后,这一精彩片断加入
了剧本。从此,蔡剑英的"红娘"也从台下做到台上……

62. 谭义存跳舞入迷

谭义存做过政治老师,唱过评弹,从上世纪 80 年代开始涉足滑稽表演。在前几年东视戏剧频道播出的"七彩哈哈镜"中,他和王辉荃、毛猛达(号称"弹簧猫")合作主持,风趣幽默,深受观众欢迎。

我和谭义存搭档表演不多,但在传统独脚戏《开无线电》中我俩的合作还是配合默契,恰到好处的。他的"托"确实很到位,在滑稽界也是有口皆碑的。

我知道阿谭有个业余爱好,喜欢跳交谊舞。他的舞姿优美, 功底深。在独脚戏《外婆的澎湖湾》中, 他身穿"中式外婆套装", 跳起了"婆婆舞", 堪称一绝。这同他平时爱跳交谊舞是分不开的。跳舞既能强身,又能丰富滑稽艺术,但是一旦着了迷也会遇到不少麻烦。曾听王辉荃说起谭夫人对阿谭如此痴迷跳舞很有意见, 当然, 阿谭反应快, 灵活应变。每当夫人问:"上哪儿去?"他总是脸不变色心不跳,"和王辉荃

《开无线电》剧照,右为谭义存

对剧本去。"其实他跳舞去了。俗话说:"智者千虑,必有一失。"阿谭去跳舞又不和王辉荃打招呼。老王自然不知道,一只电话打进谭家:"嫂嫂,阿谭在家吗?"

"咦,不是说同你一起对剧本吗?"

老王一听便知道事情的来龙去脉,心想"害人之心不可有",不能坏他事情。"是的,我们对完剧本刚刚分手,我先走的,不知道他回家了吗?"

"还没有回家。"

"没关系,嫂嫂。"老王故意安慰道:"你放心,你家离剧团远。"

事后,老王对阿谭说:"你这样不行,事先总要打个招呼。久而久之,要'穿棚'(拆穿)的。"阿谭要"智多星"面授机宜,老王眉头一皱对他说:"以后说谎同谁在一起,要选个不大可能打电话给你的人,我给你考虑就选乐队里吹小喇叭的。""高,高明。"阿谭高兴了。

过了几天,阿谭又要出去跳舞了。这回他对夫人说是到"小喇叭"家去,"小喇叭"搬了新家,专门邀请的,不去不礼貌。他还特地对夫人说,"小喇叭"家搬得很远,在吴淞口。阿谭想说得远点,出去时间可以长点。谁知,无巧不成书,他刚走不久,电话响了,说是某厂厂庆,团里决定由阿谭、王辉荃去演出。谭夫人说:"他出去了,你留个电话,留个姓名,等他回来我告诉他。"对方说,你就对他说一声是团部"小喇叭"打来的,他有我的电话。

"你叫什么?"

"小喇叭。"

"谭义存讲你家搬到吴淞口去了,今天你邀请他上新家玩。"

"没有,我家一直住在吴淞路,四十多年了。"

"那阿谭没有上你家来过?"

"没有,今天我没有离开过家。"

"好极了。"

　　谭义存晚上回去被他夫人一顿臭骂。第二天谭对"小喇叭"说："你这个死人，从来不打电话到我家来，偏偏昨天打来，你个'小喇叭'是个实足'喇叭腔'（指把事情办砸了）。"

63. 真假吴双艺

我有个儿子，他身材像我，体形像我，走路像我，嗓音像我，脸蛋更是像我，尤其在电话里几乎能够乱真。

《一网情深》剧照，吴双艺与吴国庆

吴双艺自说自话

与劳模合影

左二为黄宝妹，左四为杨怀远

《一网情深》剧照,吴双艺与吴国庆

拿他当我,拿我当他,这样误会巧合的笑话,可谓屡见不鲜。更稀奇的是有极个别的竟然面对面把儿子当成老子。

　　那是去年在一次劳动模范节日聚会上，全国劳动模范杨怀远在远处热情地和我儿子打招呼："你这个家伙,真的越活越年轻了!"我儿子知道杨怀远看错人了,便急忙指着一旁的包房说:"杨师傅,你说的不是我,他在包房里面呢。"杨怀远走到包房门口一看:"哇!都在里面呀!"裔式娟、杨富珍、包起帆、马桂宁、黄宝妹、郏芬芬、陶依嘉、徐虎……都在一起聊天说笑。杨怀远在门口不停地打量着我们父子俩,忍不住笑道:"你们看,

老吴父子俩怎么长得这么像。老吴啊！你说说看，怎么会一点不老，你吃了什么东西？"我半开玩笑地说："老是总归老的，零件大多老化了，就是老得还不透。至于吃东西嘛，没什么秘诀，早饭'四大金刚'，晚上泡饭大蒜生姜。""今朝聚餐你也是大蒜生姜？""不！聚餐只能难得一趟，嘴馋也要'识相'，暴食注意上当。"说得大家忍俊不禁，笑声迭起，哈哈哈哈。

　　《吴双艺自说自话》一书与广大读者见面了。我作为一个从事滑稽艺术55年的文艺工作者,在广大观众的心目中,是一名在舞台上、荧屏上为大家带来欢乐笑声的使者。如今勉为其难地将我人生道路上一部分风风雨雨、甜酸苦辣的经历整理成文奉献给读者,是为了让今天的读者了解滑稽艺术的成长过程。占用了大家宝贵的休闲时光,深表歉意。限于水平,书中文墨粗浅,更谈不上文采斑斓、词藻华美,仅是自说自话实话实说而已。我的自说自话是从内心真诚地给读者奉献的一片真情。

　　书中有我童年生活的趣闻轶事;有拜师学艺时的艰辛追求;有到处流浪中的奔波生涯;有大地回春后,与观众久别重逢的甜蜜感受;有事业成功的由衷喜悦;更有观众亲情厚爱的无比幸福;以及令人陶醉的旧梦

重温……

我衷心感谢汪培同志,耄耋之年仍热情关心《自说自话》的出版,并为它作序;高式熊同志,年过八旬,百忙之中为本书题字;郑辛遥同志为我作漫画;刘莺小姐文字打印以及诸多好友的热情关心。小儿国庆也为本书作了大量案头整理工作。

我这个滑稽的"孝子贤孙",回顾半个世纪的艺术生涯,归结为十个字:"毕生的拼搏,为观众欢乐。"愿我的《自说自话》能为你带来愉快、欢乐!

吴双艺

2005 年 2 月

图书在版编目（ＣＩＰ）数据

吴双艺自说自话/吴双艺著. —上海：汉语大词典
出版社,2005.6
ISBN 7－5432－1149－1

Ⅰ. 吴... Ⅱ. 吴... Ⅲ. 吴双艺－回忆录
Ⅳ. K825.78

中国版本图书馆 CIP 数据核字(2005)第 045089 号

责任编辑　黄泉海
装帧设计　钱自成
美术编辑　路　静
技术编辑　徐雅清

吴双艺自说自话

吴双艺　著

世 纪 出 版 集 团
汉语大词典出版社　出版、发行
(200001　上海福建中路 193 号　www.ewen.cc)

各地新华书店经销　上海商务联西印刷有限公司印刷
开本 850×1168　1/32　印张 8.25　字数 139 千字
2005 年 6 月第 1 版　2005 年 6 月第 1 次印刷
印数 0 001－5 100
ISBN 7－5432－1149－1/Ⅰ·210
定价 18.00 元
如有质量问题,请与厂质量联系。T:56135113